250万光年から宇宙《そら》を旅した少女

多次元の記憶で綴った星たちの物語《ストーリー》

アルクメーネ 著

Alcmène

VOICE

Contents

第4章 アンドロメダ

第5章 オリオン

第6章 プレアデス

第7章 地球――シャンバラ編

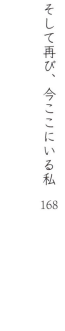

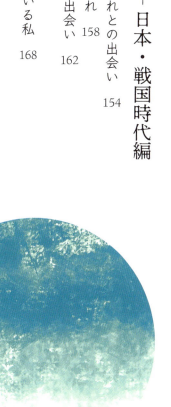

はじめに

“今ここ”の私からのご挨拶

はじめまして!

私の名前は、アルクメーネ*。

これは、私がかつて宇宙のアンドロメダにいた時の名前です。

私は、あなたとお友達になりたくて、アンドロメダからブラックホールを超えて、たくさんの転生を重ねながら、ここにやってきました。


この本は、これまで多次元で生きてきた私の記憶をもとに、フィクションとして創作した物語*です。

たくさんの魂の旅路を経てきた私は、今回の人生においては、日本という国で1人の女性として生まれてきました。

今まで私はモデルや女優として活動し、東京やロサンゼルス、パリ、ミラノ、ニューヨークをはじめ、地球のいろいろな場所でファッションショーや雑誌、映画、写真集、アートなどを通して、たくさんの自分なりの表現方法を模索してきましたが、今、こうして本書で私の言葉をお伝えできる機会をいただきました。

ここに至るまで、時空を超えて、本当に長い長い旅をしてきた私ですが、やっと今、この本を手にしてくださっているあなたのもとへと辿り着きました。

きっと、あなたの魂も私と同じように、これまで数多《あまた》の経験とあなただけの旅をしてきたことでしょうね。

こうして、あなたと出会えたことに心から感謝します。

ところで、本書を手にしてくださったあなたも、もしかして〝宇宙人〟ではないでしょうか？

実は、私は中学生の頃、こっそり友達に「私は宇宙人なんだ」と打ち明けたら、次の日から学校内で仲間外れにされてしまい、以降は自分が宇宙人であるということは封印してきました。

けれども今は時代が変わり、このようなことも意外と「面白いね！」と興味を持ってもらえるようになってきたことから、こうして私の話をご紹介できるようになりました。

今、地球は大きな変革期を迎え、私たち人類は大きく進化するための素晴らしいタイミングを迎えています。

実は、地上で起きている戦争や国家間の争い、権力者と支配される側の問題などは、地球上だけの問題ではなく、同じ課題に向き合う宇宙人文明の中でも存在しているものです。

私たちはこの困難を乗り越え、平和を築き、愛のあふれる世界を作るために、ともに手を取り合いながら進化していく宇宙家族なのです。

なぜなら、私たちは大いなるすべてである「イズネス＝神様」の子どもたちであり、混沌《こんとん》としながらも特別な時代にこそ愛を体験したくて、この時代を選んで集まってきたからです。

私は今、こうして地球で人間としての身体を持ち、地球の言葉であなたと出会い、触れ合える喜びを感じています。

この素晴らしい機会も、イズネスが与えてくれたもの。

現在の私も、まだまだ不完全で未熟ですが、それでも、私が旅の中で自分自身を救うことができたように、この本が、同じように悩める人や迷う人たちにとって、ご自身を救うための一助になればと願っています。

この本を通して、あなたの心とつながれますように。

さあ、それでは私と一緒に多次元への旅をはじめましょう！

——ここに導かれたすべての出来事に感謝して

アルクメーネ

＊アルクメーネ

地球（ギリシャ神話）におけるアルクメーネの由来は、アルゴス国の王女ダナエの息子である英雄ペルセウスとエチオピア国の王妃カシオペアの娘アンドロメダとの間に生まれ（孫という説もあり）、ゼウスとの間に英雄ヘラクレスを産んだ女性といわれている。

＊物語の部分に関しては、私の多次元の記憶をもとにしながら創作したSFファンタジーのフィクションです。

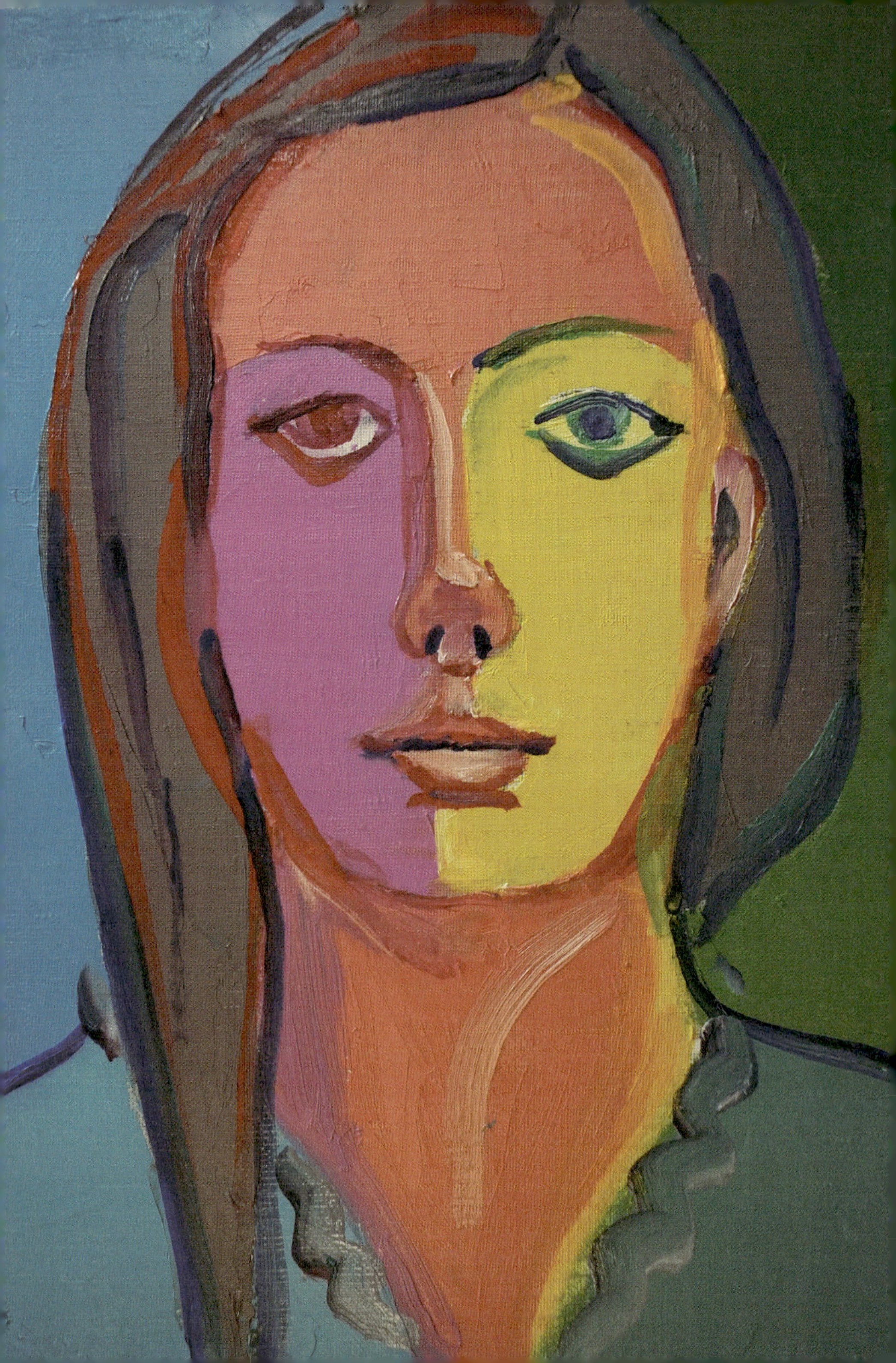

第1章 今ここ

今ここにいる私の人生

はじめに、現世の私自身についてご紹介します。

今ここにいる私は、１９８０年代の日本に生まれました。

私は、いわゆる〝機能不全家庭〟と呼ばれる家庭で生まれ育ちました。

私の父は、脳の病に倒れたことが起因となりアルコールとギャンブルに溺れ、その結果、我が家の経済状況は常に火の車でした。


さらに悪いことに、父は時折起きるてんかん発作で記憶が飛ぶと混乱して、自分が誰であり、今いる場所がどこなのか、また、目の前の人が誰なのかもわからなくなることがしばしばありました。

そして、その時々の状況次第では、父親自身が赤ん坊になったり、少年になったり、老人になったり、天使になったり、さらには、悪魔や妖怪になったりと多重人格のような状態に陥ることもありました。

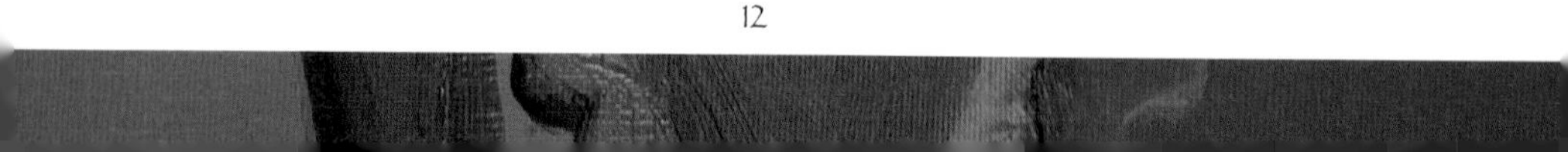

そのうち、父にとって現実と幻想との境目はなくなり、彼自身も何が嘘で何が現実なのかもわからなくなってしまったようで、私たち一家の暮らしはどんどん壊れていったのです。

一方で、母親はそんな父を介護しながら、必死で家庭を支えるために日々駆けずり回って借金を返済するなど奮闘していました。

母は、父親のことで苦労が多かったからか、ヒステリー気味になって私たち姉妹を虐待することもありましたが、それでも、私たちが大人になるまでなんとか育て上げてくれました。

そんな両親を持つ私と妹は、物心ついてからというもの、家庭では涙をこらえながら母の苦しみを埋め、父を支えることが自分たちの仕事でした。

幼い頃からそんな現実に身を置いていた私は、周囲に対して心を閉ざしていました。

けれども、そんな私でも空の向こうにある宇宙に向かってだけは心を開き、その果てしない無限の可能性にいつも心を羽ばたかせ、空に向かって「本当のお母さん、お父さんはどこ?」と涙を流したものでした。

けれども、空から誰かが迎えに来てくれる代わりに、目の前に「あなたの苦しみをすべて理解しているよ」というさまざまなサインが続くことで、目には見えないやさしい神様の存在を信じることができ、それが私の心の拠《よ》り所になっていました。

さて、高校を卒業し親元を離れられる年になると、私は実家から逃げるように飛び出しました。

そして、就いたのがモデルと女優の仕事です。

自分の存在価値を感じられなかった私にとって、その仕事は「私はここに存在していてもいいですか？　生きていてもいいですか？」と、世界に向けて全身全霊で問いかけるようなものでした。

そしてこの仕事は、そんなふうに悩む私の存在を丸ごと肯定し、受け入れてくれるように感じられました。


こうして、モデルと女優としての仕事に自分の存在価値を見出していった私は、しのぎを削るような厳しい業界の中で、自分の居場所とアイデンティティを築くべく必死に日々励むこととなりました。

また、生まれ育った家庭を離れて社会に触れていくと、自分が育った環境がいかに特殊なものであったのかを再認識することにもなりましたが、このような私でも充分に受け入れてもらえるほどに、その業界の懐は深く感じられ、ますます仕事に没頭していきました。


けれども、自分の幾重にも鍵をかけた心を誰にも開くことができず、また、自分自身もそれに向き合うことを恐れていたために、心の中では苦しみがどんどん大きく育っていったのです。

そして、そこから逃げたい気持ちと、自分の壁を超えたい両方の気持ちを抱えて、アメリカのハリウッドに留学し奮闘することにしました。

ところが、帰国した空港で突然倒れて救急車で運ばれることになり、それから10年もの間、一切動けなくなってしまいました。

これまでずっと抑え込んできた心がついに爆発してしまったのです。

倒れてからの私は、身体を動かすこともしゃべることもできず、食べたものは戻し涙は止まらず、寝たきりの状態です。

そして、しばらく朦朧《もうろう》としていたかと思えば、急に発狂したように「お母さんに殺される！」と錯乱しながら家から逃げ出して身体を引きずり這《は》い回り、周囲の人にすがりついて助けを求めたりもしました。

あげくの果てには、気を失って警察を呼ばれ、救急車で運ばれるというような毎日を過ごしたのです。

私はそんな現実に耐えられず、肉体から意識を切り離しました。

すると始終、幻聴と幻覚が生じ、やがて、父のように多重人格となり、あらゆる人格が自分を支配して私の代わりにしゃべり、映画を見るように自身の姿を眺めている自分がいるという現象さえ体験しました。

しかし、この凄《すさ》まじい日々の中で、ようやく、これまでずっと逃げてきた自分自身の闇とやっと向き合うことができたのです。

私は、身体が動かない寝たきりの状態の中で、なんとか手探りで闇を探究し、内面宇宙からあらゆる次元へと旅をはじめました。

すると、幻聴、幻覚と思えることは、実は別次元や前世の記憶とアクセスしていることが原因であったことに気がついたのです。

そこで、それらと丁寧に向き合うことにして、傷ついた幼少期の思いを癒やしていくと、さらにその先の宇宙や多次元での記憶、感覚などがどんどんと掘り起こされてよみがえってきたのです。

この時から、目の前の現実や苦しみだったことが、まったく正反対の意味を持ちはじめました。

幼少期から見ていた父は精神分裂などではなく、この世のものだけではない美しいものも醜いものも、次元の高いも低いなども差別なく、たくさんの次元と交流をして、父の肉体に降ろしていたということ。

脳の機能が使えなかった父は時間と空間の概念がなく、年齢や場所さえ肉体を持ちながら飛び越えていて、〝今ここ〟に生きる純粋さだけで存在していたということ。

そして、その純粋さで地上の苦しみを集めて背負い、それらと共に生きることで、苦しむ魂を天に上げる役割を担っていたということ。

脳で作られる情報、現実こそが幻想なのです。

現実というヴェールを被った幻想の中で〝善〟と呼ばれるものは、〝悪〟が仮面を被っていることが多いこと。

そして、その悪がこの現実社会や家庭に、また、個人の心の中にまでも忍び込み、その中で苦しみながら生きることが常識となっているということ。

現実的に忌み嫌われるがゆえに、ずっと否定し闇に葬ってきたものたちは、魂の視点から見ると真実に満ち満ちた宝物であることにも気づき、これまで自分の奥に閉じ込められていた魂が息を吹き返しはじめました。

こういった過去を経てきた今、私は自分が抱えてきた闇も光もとても愛しています。

すべての歩みが、愛《いと》しくて愛しくてたまりません。

ともにこの世界を共有している人たちのことだけでなく、傷つき苦しみ、痛みを知りながらも愛に向かうすべての人たちをも愛しくて、愛しくてたまらないのです。

これが今、地球で生きている現在の私です。

私が見つけた私なりの真実を、ここであなたと分かち合えることができて、とてもうれしく思います。

第2章

アンドロメダからの「アルクメーネ」

物語の前に

私の魂は、地球から約２５０万光年離れているアンドロメダ銀河から、この地球へとやってきました。

地球を包む天の川（ミルキーウエイ）銀河とアンドロメダ銀河は、約40億年の時をかけて今、少しずつ近づいています。

さらに、秒速１００km以上の速さで強烈にお互いが引きつけ合い、約40億年後には２つの銀河は衝突し、そこからは約20億年かけてひとつに融合して、合体するとミルコメダ銀河となる運命の中にいるようです。

実際には、銀河を包むエーテル体である「銀河ハロー（銀河全体を包み込む希薄な星間物質）」同士は、すでに衝突をしています。

アンドロメダ銀河の魂と天の川銀河の魂は今、互いに熱烈に恋をして惹《ひ》かれ合い、愛し合い、溶け合い、ひとつになる道の途上の素晴らしい愛の中にいます。

アンドロメダとミルキーウエイは陰陽において対の関係になっているので、補い合って愛し合うことで、より大きな愛となり、さらに銀河を超えた大きな銀河団にまでこの愛を響かせ合うのです。

銀河の魂と銀河時間から見たら、人類の時間の60億年なんて、私たちが恋に落ちるようにあっという間の出来事でしょう。

その銀河の中で生きる私たち一人ひとりの存在は、まるで銀河を構成する細胞のよう。

私たちのそれぞれの人生は銀河の毛細血管のようになって広がり、この銀河の隅々にまで愛を行き渡らせるのです。

私たちは、この宇宙のマクロレベルまでつながって果てしなく美しく、ミクロレベルまでどこまでも慈愛に満ちあふれるようにと、望まれて生まれてきた存在だから。

誰一人、どんなささいな出来事でさえ何一つ欠けても、この宇宙は存在することはできません。

あなたは、本当にかけがえのない愛の存在なのです。

これから60億年という時の中でアンドロメダ人とミルキーウエイ人は出会い続け、恋のはじまりのように初々しく交流を深め、たくさんの愛を交わして、新しい愛の形を作り上げていくことでしょう。

私はそのためにアンドロメダから、このミルキーウエイへと愛の証として贈られたひとつの命。

アンドロメダがミルキーウエイにひとつの優しいキスを送りたくて、私を遣わせたのです。

一方で、アンドロメダにもミルキーウエイからたくさんの熱いキスが贈られてきていて、たくさんの命がきらめき、愛を届けています。


私たちは、違う銀河の違う種族で違う愛の表現をするけれど、運命共同体です。


あなたは、アンドロメダからやってきた私を受け入れてくれますか？

これを読んでいるあなたは、一体どんな人なのでしょうか？

これから、アンドロメダ銀河へと来てくれる人？

それとも、私と同じようにアンドロメダ銀河からやって来た人？

もしかしたら、あなたも地球人のふりをした宇宙人？

それとも、地球をこよなく愛する地球人？

どちらにしても、この銀河間の愛に突き動かされた人であることは、間違いないはず。


さあ、ともに手を取り合って、私たち銀河の何十億年にも及ぶ壮大な愛の物語をここから一緒にはじめましょう。

あなたも私も、この銀河の細部を美しく彩る大切な一部なのだから。

「イズネス」の宇宙創造
～旅のはじまり～

あなたはもう忘れてしまったかもしれない。

でも、私はずっと忘れられなかった。

そう、私たちがずっとずっとはるか昔、いつも一緒だった時のこと。

まだ、皆がひとつだった時のこと。


それは突然、起きたのです。

21兆年前のビッグバン。

私たちは皆ひとつで、素晴らしい愛そのものの中にいたけれど、突如ひとつなるものからバラバラに分かれました。なぜなら、皆ひとつだと何もわからないから。

私たちは愛そのものだとはわかってはいるけど、でも〝愛〟って一体全体どういうものなのでしょうか？

私たちって素敵。どういうふうに?

愛って素晴らしい。どんな感じで?

それが、どうしても知りたかったのです。

だから、大いなるすべてである〝ひとつなるもの〟は、自分を分割させることで私たちを生み出しました。

そこから、大いなるすべてのいいところをそれぞれが分け合い、数え切れないほど無数に分かれたのです。そう、私たちは素晴らしい体験をするためにバラバラの存在になったのです。

私たちが生まれた時、大いなるすべては、ようやく自分を認識し、自分を発見することができました。

自分を知ること。大いなるすべてが永久の中で求めてきたことが、今ここに創造されたのです。

大いなるすべてから分かれた私たちは、自分たちを生み出した親である、すべての創造主を「イズネス」と呼びました。

名前を呼ぶものが現れた時、永久の中でずっとひとりでいたイズネスは、どれだけ歓喜したことでしょう。

私も同じように、〝私〟自身が生まれたことがとてもうれしかったのです。

けれども、皆と引き離されたことに、とても〝痛み〟を感じました。

その痛みは、私というものが生まれた初めての証でした。

そして、その証はそれからもずっと魂に刻まれてうずき、また皆でひとつになりたいという衝動を突き動かしています。

イズネスの子どもたち、いわゆる小さなイズネスの〝魂〟として生まれ出た私たちは、その時からまだ一度も死んだことはありません。


「私」が生まれると「私じゃないもの」も、同時に生まれました。

「ひとつ」から「ふたつ」という考え方、聖なる〝2つのルール〟が誕生したのです。

「私」と「私ではないあなた」がいなければ、私を知ることができません。

「ここ」と「あそこ」がなければ、私がここにいることがわかりません。

そして、「ここ」と「あそこ」ができたから、その間の距離と時間も生まれ、その中で自由に遊び回ることができるようになりました。


「私」を知ることができた私たちは、今度はそれを体験したくてたまらなくなりました。

私たちってどんな存在？　愛ってどんなもの？

柔らかい？　固い？　暖かい？　冷たい？　大きい？　小さい？　太い？　細い？

2つの相反するものがなければ、まったく定義しようがなかったのです。

愛であるためには、愛じゃないものである〝不安〟がなければ、愛を感じることもできません。

そうして、2つのルールに沿って、相反するものがたくさん生まれました。

光と闇。善と悪。陰と陽。片方は、もう片方がいなければ存在することはできません。

まったく正反対の性質の中で、小さなイズネスが選び体験してその存在自身になることで、「私ってどういう存在？」「愛ってどんな感じ？」と、初めて実感し体験することができるのです。

私たちは愛の対極にある不安、憎しみ、絶望と対決することによって愛、喜び、至福の存在になるという体験ができるようになりました。

それは愛でしかない私たちが皆、たったひとつだけのイズネスという絶体的な完全無欠の永久の中では味わうことのできなかった素晴らしい試みだったのです。


さあ、一大スペクタクルのワクワクの冒険旅行のはじまりです！


「1つ」から「2つ」という考え方が生まれると、当然「3つ」という考え方も生まれてきました。

「ここ」と「あそこ」が存在するためには、それを包み込む3つ目のものが必要なのです。

そうなると、さらに物事は複雑に展開していきました。三位一体、〃3つのルール〃がここで生まれました。

それは、「知る」「体験」「存在」の3つ。

私たちはまず知り、体験を味わい、自らが選んだ存在になる。


3つで回りながら完成させて、また3つを繰り返しながら、その輪は終わることなく循環し続け、輪が回るほどに大きく進化していくことができます。

イズネスもまた、私たちの創造を通して自らの無限を知り、体験し、存在し、また自らの愛を知り、体験し、存在し……と、果てしなく創造していくという冒険旅行にワクワクしてきました。


「生じさせるもの」と「生じるもの」と「在るもの」。

「発生」と「成長」と「生成」。「父」と「子」と「聖霊」。「思考」と「言葉」と「行動」。「過去」と「現在」と「未来」。

3つのルールはあらゆる方面に適用され、物理的な宇宙がさまざまな側面から創造されていきました。

イズネスは、自分を分けた小さなイズネスの私たちに、自分と同じように創造できる力を授けました。

そして絶対的な自由を約束しました。私たち皆がイズネスと同じ創造主として、無限に創造することができるように。

愛の対極のどこまでも行ける自由。何にでもなれる自由。すべて自分で選ぶことができる自由。小さなイズネスが選んだことを大きなイズネスは決して止めないこと、自由意志を完全に尊重することを約束してくれました。自由という愛を、私たちへの最高の贈り物にしてくれたのです。

「さぁ！　ここで爆発的にあらゆる創造をしなさい！　あなたたちがそれぞれの体験を味わうことで、私自身の素晴らしさを体験したくて、この宇宙を創ったんだから！」

イズネスは皆に言いました。

すると、イズネスから分かれた私たちは集まって、与えられた創造力をあふれんばかりに3つのルールに注ぎ込むとぐるぐると巡りだし、たくさんの波と音、色と形がつながり、すべての命が爆発的に形を持って動き出しました。

この時の感動はすべての命の細胞に刻まれていて、今もなお感動の中で震え続けて振動数となり、私たちを生かし、さらなる創造へと駆り立てています。

そして、無限の宇宙に躍り出た私たちは、45次元から降りて時空を飛び越えて宇宙を彩りながら、ブラックホールの窓をくぐり抜け、いろいろな色や形、自分の選んだ存在になり、各々の旅がはじまりました。

その存在どれ一つとして同じ色、同じ形はなくて、もっと見たこともないような色を創造したいと止まることなく、皆で宇宙に可能性の花を次々と咲かせていきました。

皆が創造主となって2つのルールと3つのルールを使いこなしながら、この宇宙の内部を思い思いに彩り創りはじめたのです。

この旅の行き着く先はイズネスのもとへ行き、また再びひとつなるものへと帰ってくること。

どの道を通っても、ペースはバラバラでも帰る場所はみんな同じで、ひとつ。

故郷に帰り着くまでの道すがらを存分に味わい、自分自身を十分に体験して、何にでもなれる素晴らしい旅です。

さて、物理的な宇宙は3次元から11次元まで作られ、2つのルールの中で3つのルールを使いながら創造し続け、宇宙は無限に広がり、その密度を濃くしていきました。

ちなみに、12次元以上は物理的ではない次元です。

中でも物理次元に降りていくほどに、3次元に近づくほどにイズネスから遠く離れ、イズネスのことも皆ひとつであるという真実も忘れていきます。

でも、またイズネスの愛を思い出した時に、大感動のスペシャル体験ができるので、冒険心を持つイズネスの子たちは3次元に果敢に降りていきました。


物理的な次元には人間という身体を持つ存在をはじめ、惑星、銀河、銀河団、動物、植物、鉱物、昆虫、爬虫類《はちゅうるい》、アメーバ、魚、プランクトン、ウイルス、分子、原子、素粒子という身体などなど……その創造性は目をみはるばかり。

イズネスの子どもたちは創造主となり、3つのルールでその身体を創造しながら、無限にマクロレベルからミクロレベルにまで、たくさんの種類の在り方を創造していきました。

そして、身体を持つことでイズネスの記憶を捨てました。

記憶を捨て、すべての選択肢の中から自分自身で再びイズネスになる栄光を体験するために。

まだイズネスと離れたくない、忘れたくないという子どもたちは身体を持つことを嫌がり、物質次元には降りていきませんでした。


このようにして私たちは、物理的な次元でイズネスから遠く離れ忘れようとも、ひとつである事実は変わりなく、つながり助け合って支え合い、物質次元は進化を遂げていきました。

たくさんの命は、大きな銀河という身体の中で惑星のゆりかごに抱かれてさまざまな体験、人生を創造していきました。

身体の中にはたくさんの細胞という命が詰め込まれ、ひとつの命の中にもたくさんの命が巡っているのは、まるでイズネスの生き写しです。

宇宙は小さなイズネスたちが生まれ変わるほどに、そこから吐き出される知識と体験と感情で膨張し、どんどん命を増やし続け、宇宙のすみずみにまで愛は行き渡り巡りました。

小さなイズネスたちは制限なく自由にそれを味わい、自由の中で不自由さも知りつつ、それぞれの銀河、惑星、国家の中で各々の哲学や生き方を学ぶことになりました。

私はしばらくの間、すぐには物質から成る宇宙には行かずに、ずっとその様子を見ていました。なぜなら、皆の様子がとても素晴らしくて、また、その無限の創造を愛おしく眺める創造主イズネスの喜びと離れたくなかったからです。

そのうち、イズネスの愛に満ちたまなざしが私に伝染して高まると、やがて私の内部でもビッグバンが起きたのです。

そして、私としての在り方が明確になり、私に〝個〟としての名前が生まれました。

イズネスが「生じさせるもの」となり、私が「生じるもの」となり、名前という「個性」が生まれたのです。

私の名前は、アルクメーネ。
ただみんなを愛したくて、生まれてきました。

第3章

リラ

リラの遺伝子研究所にて

自分の名前を持った私は、物理次元へ降りて人間という身体を持つことを決め、まずはこと座（リラ、またはライラ）へと旅立ちました。

私は3つのルールを名前という個の意識、物理的身体を持つ決意、旅に出る行動という3段階の形にして、初めての私の人生創造を行いました。

こと座は、イズネスの純粋エネルギーが細分化した魂の遺伝子を瞬時に解読、分解、結合して、炭素からさまざまなヒューマノイド型（人間型）生命体を創造する研究の場となっていました。

リラの遺伝子研究センターは、細胞分裂の模様が描かれた一面ガラス張りのドーム型の建物になっていました。このラボでは、宇宙全体に満ちているイズネスの純粋エネルギーを空間の中心に集めると凝縮させて物質化し定着させるという、3つのルールにもとづく物質創造を行うことができました。

さて、身体を持つことにした私は、〃私〃を表現するにはどんな身体がいいのかと考えあぐねました。

「色はもう決まっている。透き通るような薄い青緑。その中に、心の色がピンクや黄やオレンジや紫や赤になって混ざり合い、いろいろな白を創り出す。色とりどりの光を身体いっぱいに詰め込んで、その輝きが発光するような身体がいいな。あまり強い色じゃなくて優しい色。そして、皆を包み込めるように、柔らかくて溶けてしまうような身体。私を物質で表現するなら、そんな感じ……」

私はその部屋の中心に立ち、自分の望む形、質感、匂い、音、感覚を細かくイメージしました。するると、そのイメージから発動したエネルギーは解読されてＤＮＡ信号になり、私の核から糸が発生するとその糸が螺旋《らせん》を描き、ぐるぐると上りはじめました。

そして、体内で7つの渦巻きになったかと思うと、1つ1つの渦巻きのすべてがあるべき場所へストンと美しくおさまり、次第に物質的な身体が姿を現しはじめたのです。

私は3つのルールの想像、言葉、在り方の3段階で、イズネスに与えられたイマジネーションによる創造力を使って、私の身体という初めての物質創造を行いました。

私の身体を担当したリラ遺伝子研究センターの男性研究員は、鋭く磨き上げられたＤＮＡ螺旋の形をした身体を持ち、薄紫のリラ色の炎が身体全体を包んでいました。そんな彼がテレパシーで語りかけてきました。

「柔らかさと質感を重視したあなたの身体は、物質と非物質の中間のアンドロメダ型プラズマ仕様です。あなたの身体は両手、両足、頭部を持つヒューマノイド型ではあるのですが、水と気体とプラズマで構成されている流動体で、波動を調整しながら自由自在に身体を変形させることができます。この種はもともとアンドロメダ銀河に住んでいる種族です。あなたと同じような魂を持つ人たちが住んでいるので、その星をあなたのホームにするといいですよ。また、アンドロメダはすべての物質が水や空気、プラズマの間を一定に止まることなく柔らかく流れる星で、心とエネルギーの状態で自身の身体だけでなく惑星の物質全体が変化し続ける創造と芸術の星です。水性が強いために他者と混じり合い、溶け合う力が強いです。寿命はおおよそ2、3万年で、大切に扱えばそれ以上の耐性があります。どうか、あなた自身を表現した身体として末長く大切にしてください」

そんな彼の言葉に私は興奮を隠せません。

「まぁ！　ありがとう。この身体は本当に私自身そのものだわ！　あなたは本当に素晴らしい叡智《えいち》を持ったイズネスの子だわ！」

私は初めて自分を体現した流動体の身体を動かしながら、彼に歩み寄り彼のＤＮＡの形をした身体を抱きしめました。

すると、私の身体は彼のＤＮＡ螺旋上昇エネルギーと溶け合い、ぐるぐると上昇していきます。

彼のリラ色の炎は、私の水溶性の身体を蒸発させると細かな粒子となって立ち昇り、粒子はあたり一面に広がって濃い霧となり立ち込めました。

その細かな霧が薄紫のリラ色のグラデーションに染め上げられると、その中で私たちは弧を描き踊りながら会話を続けるのでした。

マルコメーネ

「自分の身体を持つということは、名前を持つように、あなたという個性をさらに知ることができますが、逆に、個の対立を生むという側面を持っています」

彼の言葉に私は異議を唱えました。

「まあ！　対立なんて起こるはずがないわ。だって私たちはみんなひとつじゃない！」

「はい。でも残念ながら、我がこと座は14の惑星から構成されていましたが、リラとベガ星*で対立が起きてしまったためにビラ星、テカ星、メロック星の3つの星が破壊されてしまいました。思い出してください。イズネスが私たちを創った時のことを。私が存在するためには、私じゃないものを必要としたんです。私という明確な名前と身体を持つということは、私と私じゃないものをより明確に区別するのです。でも、そのおかげで、私をもっと深く知ることができるのです。そして我々は、この2つの相反するものから、融和という3つ目の回答を導き出さなくてはなりません。

しかし、ヒューマノイド型生命体はまだ、その命題をクリアできていないのです。融和、平和、統合に成功した民族も存在しますが、今のところは、平和とは対極の対立や戦争ばかりが起きています。ヒューマノイド型生命体の故郷であるリラも、この通りです。陰と陽、光と闇、この物理次元の二元性のルールが引かれた中で、それらを統合することがヒューマノイド型生命体全体の命題です。この物質的身体は他者との明確な線引きを行いますから、融和を実現していくことは果てしなき挑戦です。私たち一人ひとりが2つの単純なルールをマスターし、3つ目の答えを自ら選び取ることで全体で進化するべきです。そのような責任があるということも、お忘れなきよう」

「なるほど。あなたは、生命への思いやりに満ちた素晴らしいイズネスの子だわ。でも、イズネスが私たちに与えてくれた最高の贈り物である2つのルールと自由意志は、私たちが互いに傷つけ合うという可能性をも含んでいるのね」

研究員は、身体を包むリラ色の炎を熱く燃やしながら言いました。

「そうなんです。対立があるから統合がある。戦争が起こるから平和という素晴らしさを体験する

＊ベガ星
遠い未来に地球がポールシフト（地軸変動）を起こした後、新たな北極の北極星となる星（こと座のα星）

ことができる。僕たちは、愛の対極にある不安や苦しみと対決することで愛や喜びの存在になれるのです。イズネスの愛を実感するには、これらを知ることがまず必要、と自分たちの星を破壊されても言い切れますか？」

彼の憤りは熱を通して伝達し、その熱さは私の水溶性の身体からたくさんの水を流させました。

「ええ。それを味わってどう感じるか？　どう変えたいのか？　ということよね。自由意志で選択し、私たちが愛の存在になるための充分な余地と自由をイズネスは与えてくれている。イズネスから私たちへの深い愛を感じ取ることができるわ」

彼は私を眺めながら続けました。

「ああ、あなたの身体から今、流れているその水は涙というものです。僕の悲しみに涙を流すあなたは、なんてやさしきイズネスの子なんだろう。そう、イズネスは僕たちに絶え間ない愛を注いでくれている。この部屋だってそう。イズネスのエネルギーを集約して、そこから僕たちは身体を創造できるわけなので。この宇宙はイズネスの純粋エネルギーに満ちあふれた海なのです。身体の呼吸機能を見てください。呼吸は絶え間ないイズネスと身体との対話です。僕たちが物質的な次元で身体を持ち、イズネスと一体である記憶を消したとしても、決してイズネスから離れないようにと呼吸機能を取り付けて、絶え間ない交流とともに生きられるようにしました」

「わかったわ。私はこの身体で呼吸をしながら、イズネスとコミュニケーションしていくわね」

「そうしていただけると、この身体も長持ちするでしょう。幸いにもあなたは融和を象徴する種族なので、あなたの種族がヒューマノイド型生命体全体に、また、宇宙全体に平和という贈り物を与えてくれるように祈っています。僕たちも、リラがこれ以上破壊されることのないように、この宇宙にヒューマノイド型生命体が平和をもたらす存在になり得るように、尽力します」

「ええ、平和のために私も尽力すると約束するわ。あなたとイズネスと私で創った、初めてのこの身体に誓って！」

「ありがとうございます。もし、身体の扱いで困ったときは、３つのルールを思い出してください。身体も理論は同じで三位一体、３つでひとつです。身体と精神と魂。エネルギーと物質とエーテル体。意識と無意識と超意識。一方から他方へと変転していく終わりのない循環とバランス。あなた自身のバランスが、あなたの現実に、そして、この宇宙全体に反映されていきます」

「あなたはすべてのヒューマノイド型生命体の生みの親でもあり、宇宙へ我が子を送り出すために知恵を授ける育ての親でもあるのね。ありがとう。ねえ、あなたの名前を聞くのを忘れていたわ」

「申し遅れました。僕の名はマルコ」

「私の名はアルクメーネ」

そう言って、2人は顔を見合わせて微笑み合うと2人の間に温かい心が通い合い、宇宙がポンと少し膨らみました。

そして、私たちはまた抱き合うと、さっきよりもさらに溶け合って〝マルコメーネ〟という2人でひとつの身体になりました。

ひとつになり、リラの香りが立ち込める中、愛し合い踊る渦の中でマルコが声を上げました。

「さあ、その身体を使って、この宇宙でこれからいろいろな体験をしてきてください！　あなたの体験はすべて、私たちすべてにとっての宝になります！」

そう言うと、マルコの螺旋上昇気流は渦を増して、その勢いは私を大宇宙へと飛び立たせ、私はアンドロメダへと一直線に宇宙を翔《かけ》ていきました。

マルコのテレパシーの声が背中で鳴り響き、私をさらに押し出します。

「いってらっしゃい！　アルクメーネ！　良い旅を！」

「ありがとう！　マルコ！　いってきます！」

第4章

アンドロメダ

流動体で生きる存在たち

「高い鈴の音が3回鳴り響く」という意味の名前がついた星が私の家。

アンドロメダ銀河は一兆個近くの惑星を育み、天の川銀河と同じように、たくさんの形態の生命体を育んでいます。

その中でも、私の星は深い碧《あお》や群青色のような流動体生物の住まう星。

私たちは、泳ぐように流れながら溶け合って生きていて、自分以外の存在とは目が合ったら溶けてしまうほど。

互いが触れ合うと、愛の中でひとつになり、それがたくさん集まったら大きなうねる命の出来上がり。

その愛のうねりがこの星の中で、さらに大きなうねりを形成しながら、めくるめくエネルギーそのものとなり、永遠の至福の中にいる。

ここでは、秘密なんて存在しません。

だって、側にいるだけで、相手のことは全部お見通しだから。

あなたと私はあっという間にひとつに溶け合い、お互いを隔てるものなんて何もない。

でも時々、私だけになってみたくもなる。そんなときは、1人静かに離れて漂い瞑想《めいそう》にふけります。


私たちは、流動体の身体の中に小さな銀河の縮図のような、たくさんの輝きを宿しています。

さまざまな感情が身体の中で星のようにきらめき、心の色を反射して、多彩な色のグラデーションとなり身体を彩り、お互いにその色と輝きで会話をしながら、時にその美しさに見入ってしまうと、相手とあっという間に溶け合ってしまう。

そして、溶け合い感じ合うほどに、私という意識が全体になってゆく心地よさと同時に、自分の輝きを改めて認識するのです。

すると、その輝きに見惚《みと》れた他の人もやってきて、また溶け合って大きなうねりとなり、それはやがて、大きく成長した命として脈動していきます。


その循環の中で、ある者は別の場所に飛び出していったり、またある者たちは、2人きりになってギューっと密度を濃くして輝きを結晶化させたりする。

そうやって皆で縦横無尽に限界も制約もなく遊んでいることが、他の星々の民にとっては芸術と呼ばれていたりするのです。

ここでは、そんな変化し続ける芸術品としての存在をお互いで讃え合い、また、その作品に自分も参加することで、さらに芸術は多様化して変化し続けています。

もちろん、その表現はそれぞれがユニークで唯一無二なものであり、それがさらに愛を生むのです。

ダメとか悪いという概念はなく、すべてが面白い。

皆が「私たちのすべてを愛している」という信頼のもと互いに委ねあい、溶けあうことができるのです。

これが可能なのも、イズネスの愛を一身に受けているから。

溶け合うことが私たちの愛の表現であり、「皆でひとつだよ」という信頼の表現。

それが愛する私のホーム、私の家族。

物理的な身体を持つことへの憧れ

ここでは、しあわせ以外の概念は存在せず、しあわせだけが永遠に続いています。

誰一人として外されることなく、すべての者が命の輪の中にいる共同創造者であり、互いに祝福し合える世界。その基盤になっているのが、それぞれの誠実さと責任感。

私は、「私もあなたもいない」という至福の中に身を置いていました。

イズネス、イズネス……。

イズネスに問いかけると、イズネスはいつでも囁《ささや》きやひらめき、素晴らしいギフトで答えてくれます。

そんなイズネスが、ある日、私に語りかけてきました。

「あなたの愛は、もっと大きくなれる」と。

そして、遥か彼方の天の川銀河の存在を、めくるめくビジョンで見せてくれたのです。

私たちとは正反対の天の川銀河には肉体を持ち、強く激しくぶつかり合いながら生きる存在たちがいるということ。

彼らは私たちのように融合しながら愛に漂うのではなく、ぶつかり合いながら愛を絞り出しているらしい。


「信じられない！」

この〝信じられない〟というのも、信頼しかない世界にいる私にとって初めての感覚でした。

そして、彼らの在り方が、あまりにも尊く見えて胸が潰れそうになりました。

「胸が潰れそう」という感覚も初めてでした。

こんな愛の形が銀河の果てに存在しているんだ。

この宇宙はなんて創造性に満ちていて、愛の形はなんてどこまでも自由なんだろうと思えたのです。

そして、こんな激しい愛こそが、私がずっと探し求めていたものなのではないかとも思えたのです。

その衝撃は私の身体全体の粒子を震わせ、その震えは惑星全体に響き、我が星の家族たちの共鳴によってさらに増幅して、惑星全体に嵐が起こってしまったくらいでした。

それまでの私は、完全調和の美しい世界にいたのに、すべてを捨てたいと思えるような恋をしてしまったのです。

「アンドロメダ銀河と天の川銀河は、長い時間の中で惹かれ合い合体し、やがて壮大なイズネスとなる」

イズネスは、アンドロメダ銀河と天の川銀河の融合の運命についても教えてくれました。


それからの私は、2つの銀河のまったく違うエネルギーが最高潮に達して交わって、そのエネルギーそのものになる日のことを夢見るようになりました。

すべてを受容して生きている私たちに、別離や衝突や切ない思いは存在しない。

でも、自分の世界とまるで反対の世界への憧憬と夢は掻き立てられて、ゾクゾクするのです。

そこからは、寝ても覚めても天の川銀河に夢中になり、遠い世界のことを思い続ける毎日。


身が引き裂かれるような愛を味わってみたい。

天の川銀河で肉体を持って愛し合い、その身体で感じるすべてを味わってみたい。

見知らぬ世界の人は、どんなふうに私を愛してくれるのだろう。

見知らぬあなたに触れてみたい、私の知らない愛を知りたい。

私の思いは、つのるばかり。

そして、そんな想念は皆にダダ漏れになってしまい、天の川銀河に夢中になって恋をする私を見て、愛する母や父、家族たちは、ついに天の川銀河に旅をする使役団に誘ってくれたのです。

これは、イズネスからのギフトでもあったのです。

当然ですが、天の川銀河に行ったことのある人たちからは、「あんなところなんて、行くもんじゃない」などと言う人たちもいました。

また、普通なら眠る必要などない私たちですが、天の川銀河から帰ってきた人々は、疲労困憊《こんぱい》でこんこんと眠り続ける人々も多く、そんな様子を見ていると怖さも感じました。

実は、この「怖い」という感情もまた、天の川銀河のことを知るまでは知らなかった感情であり、こうしてまたゾクゾクとワクワクが私の気持ちをさらに高ぶらせたのでした。

戦犯ガイとの出会い

そんな時、天の川銀河から我が星へやってきた人がいることを聞きつけた私は、早速その人に会いに飛んでいきました。

「こんにちは。私の名前はアルクメーネ。今度、天の川銀河へと旅することになっているんです。よかったら、あなたが来た星のことを教えてくれないかしら?」

アンドロメダ人は溶け合って意思疎通をするので、言語でのコミュニケーションはあまり使わないものの、天の川から来て、まだ流動体の身体に馴染んでいない彼に向かって言葉で伝えてみました。

すると彼は溶け合うことを拒否して、頑《かたく》なに身体をこわばらせながら言葉で返してきました。

「俺はガイ。俺も連れていってくれよ。ここの暮らしは、もううんざりなんだ。極楽浄土があるからって聞いて来てみたけど何でも筒抜けだし、皆グニョグニョだし意味わかんねえよ。これ、どうやって動かしたらいいんだよ」

彼は身体をよじりながら言います。

「じきに慣れるはずよ。あなたはどうしてここに来たの?」

「実はね、俺は天の川銀河で長い間、戦争に関わってきたんだ。たくさんの星で大勢を殺してきた。それは俺の仕事だったんだよ。秩序が必要だったんだ。そのために俺は、ただ上からの命令に従っていただけだ。ところが、そんな俺が宇宙裁判にかけられて3千年もの間、誰も住んでいない天変地異や嵐が1日3回も起こる流刑星に送られることになった。そこでなんとか必死に生き抜いたよ。そこでは、俺が殺《あや》めた命たちが豪雨や竜巻になって、毎晩襲ってくるのさ。でも、それが俺の償いだったんだ。そして、何年経ったかわかんねえが気を失っていた俺のもとに、よくわかんねえグニャグニャの奴《やつ》がやってきて、極楽浄土に連れてってやると言うから、これ幸いとついて来たわけだ。そして俺も今やグニャグニャ星人の仲間入りってわけさ」

彼は、遠くを見つめながら言いました。

「そうだわ。私たちの星は、天の川の戦犯たちを受け入れると前回のアンドロメダ評議会で決めたのよ。私たちは、あなたを無条件に受け入れるわ」

「へえ。それで、俺が第1号ってわけか。俺はこう見えても天の川では絵が好きで美術館へよく行ったものさ。数多くの絵画を見てきたけれど、この場所は絵に例えると抽象画で、天の川は写実画だな。抽象画はいろいろな要素が混ざってきれいだけれど、俺は写実的な人間だからどう適応していいか、まったくわかんねえんだ」

「あのね、アンドロメダと天の川は表現方法が違うの。でもどちらも、愛を表現していることには変わりない。あなたが私たちの星に新しい概念をもたらしてくれることを皆、感謝しているの。私たちはお互い違うから、愛について、もっと学び合い大きくなっていくことができる。あなたを愛することを皆、楽しみにしているのよ」

「はあ、ここにいると、もうどうでもいいというか、流されるままというか、いや、流されてたまるかっつうか……。はあ、でも少しは楽になったのかもしんねえな。ああ、俺は一体今まで何をやっていたんだろう!?」

彼は苛《いら》立ち、声を荒げました。

「あなたはとても素敵よ。だって愛のために戦っていたんでしょう?」

「さあな。俺は愛とは勝ち取るものと思っていたよ。怖かったんだ。不安だったんだ。俺はただ自分の不安と戦っていただけかもしんねえな」

彼は身体をさらにこわばらせると、今や水溶性となった身体から大量の水をあふれさせました。

これこそ、マルコが教えてくれた涙です。

彼から絞り出された大量の水は私の水の身体に少しずつ浸透し、私の身体は激しく発光しはじめました。

彼の言葉は乱暴でぶっきらぼうだけれど、隠し事のできないここでは、言葉とは裏腹に深い懺悔《ざんげ》と慈しみの念が伝わってきました。

「あなたは不安と戦って、あなたという愛へと至り今ここにいる。もう安心していいのよ。愛はどこにでもあるから。だってあなたが愛そのものなんだもの。見て。あなたの愛が私をこんなにも光らせている！」

彼は、私がガイの色に染まり色とりどりに発光しているのを見るとフッと息を吐き、寂しそうにしながらも愛しげに微笑みました。

「ああ、そうだな。ここにいると、そんな気持ちになる……」

「私はあなたがうらやましい。私は戦ったことなんてない。その苦しみを知らないで、本当に愛だって言える？　その痛みを知らないから、あなたの痛みを本当に理解してあげることができない。ごめんなさい」

「ああ、いいんだ、もう、いいんだよ……」

彼はこわばらせていた身体をようやく溶かして、どこかへ流れていきました。

ブラックホール

こうして、天の川銀河に旅立つことにした私は、計12人のグループで出発することになりました。
メンバーにはそれぞれ役割があり、「真実」「自由」「公正」「知恵」「美」などを担当する人がいる中、私は「愛」を伝える担当になりました。

私は銀河を超えて天の川銀河を体験し、この恋を愛に変容させて、アンドロメダと天の川の架け橋になろう！　私たちは理解し合いお互いを感じ合うことで、もっと素晴らしい愛になることができるはずだから。

そんな思いを抱き、私と一行はアンドロメダ銀河の中心にあるブラックホールへと行きました。
そのブラックホールに飛び込むと異次元や別銀河など、自分の意図した場所へとワープしたり、タイムトラベルしたりできるのです。

私は天の川銀河を明確に意図すると、飛び込みました。

250万光年を超える時間や距離なんて必要ない！　愛があれば、何だって一瞬で超えられる！

この向こうには、私の知らない感情が、愛がたくさん埋まっているんだ！


飛び込んだブラックホールの中は多次元が入り組んでいて、さながら万華鏡のよう。

存在するあらゆる美と色彩が折り重なり畳まれてきらめき、光をなして踊るさまは見たことがないほど。


魂の瞬間がほどけて経験した、もしくは、これから経験するであろう人生からすべての感情がにじみ出し、その愛の細やかな振動によって形態は融解し、文字通り溶けるこの世界こそ、最上のエクスタシー。

そんなエクスタシーの中で、私はぐるぐると旋回をして天の川仕様となり、天の川銀河へと生まれ出ると、憧れ恋してやまなかったすべてに包まれたのです。

天の川は、あたり一面がラズベリーのような甘酸っぱい香りで満たされていました。


その香りに包まれ、まるで愛する人の身体の中を自在に泳ぎ回る精子のように泳ぎ続けていると、痛さを感じはじめたのです。

痛い、痛い、痛い。でも、気持ちいい、気持ちいい、気持ちいい。

愛おしい、愛おしい、愛おしい……。

ああ、この銀河の愛の形は、痛みを伴いながら愛おしさを感じ抜くんだ。
私は、身を切られるような愛おしさという初めての感覚に震えていました。

こうして、イズネスから教わったこの恋が私の運命を導き、そこから愛の在り方を創造する旅がはじまったのです。

第5章

オリオン

光と闇の「オリオン大戦」

アンドロメダ銀河からブラックホールを抜け、天の川銀河のアルタイル星の近くにある「ホワイトホール*」から飛び出した私たちは、強力な磁場に引っ張られるようにオリオンへと辿り着きました。

「オリオン大戦」は、光と闇の戦い。

ここでは、お互いがお互いを必要としているのに、激しく衝突を繰り返す分離の極致が展開されていました。

もともとオリオンは緑豊かで、宇宙でも類を見ないほど多くの植物が生息している場所だったのです。

オリオン人は巨体で背中に羽が生え、胸より下は獣の半身を持つ半人半獣のスフィンクスのような身体をしていて、屈強で不屈の精神を持つ存在たち。

彼らは自然の中で植物と共に生き、芸術をこよなく愛し、彼らの作った作物や創造した芸術を他の星々へと伝える愛に満ちた人々で、平和な星だったのです。

中でもオリオンの中心の三つ星の一番右に位置するミンタカ星はあふれる水をたたえ、人魚のような水中生命体が住み、そこで歌い、遊び、泳ぎ、すべての存在たちが感謝とともに暮らす日々がありました。

ところが、いつしかこの星は光と闇という両極の争う戦場となり、楽園は爆撃にさらされ、平和に暮らしていた民たちも争いに巻き込まれていきました。

ここにいる存在たちは戦いで使用される兵器によって、身体だけでなくエーテル体やアストラル体などオーラ全体までが破壊されるほどの攻撃により、闇に支配されてしまいました。

そして、彼らの身体は一度破壊されると、再生に途方もない時間と労力がかかっただけでなく、惑星外で転生できないようになってしまったのです。

彼らの惑星の周囲には見えない網が張り巡らされて逃れられず、何世代、何世紀にもわたり戦争に従属させられる支配システムが構築されてしまったのです。

＊ホワイトホール
ブラックホールに対して、その時間反転の対称性から考えられた特異な領域。

これにより、オリオンの網にかかった魂たちは、オリオンの中で囚われて転生し続け、光と闇の両方に交互に生まれ変わり、この2つのルールの中で統合への道を模索し続けたのです。

そこでは、誰しもが生き延びるために必死でした。

特に、光側を代表する存在である人魚の涙と生き血は再生能力が高く大変重宝されたことから、あらゆる残忍さで人魚たちの涙は枯れるまで絞り尽くされ、生き血は1滴残らずすすられました。

しかし、人魚たちはそれでも無心に身を捧げて尽くしました。

そして、苦しみに押しつぶされた甘美なる1滴、2滴をめぐって、また争いは生まれ続けたのです。

こうして搾り取られ苦しんだ魂もまた、更なる生き血を必要とすることになりました。

人々は渇き飢え苦しみ続け、そのサイクルは気を失うほどに続いたのです。

闇はすべてを奪い尽くそうとし、光はすべてを与え尽くそうとする。

激しい光と闇のコントラストは分離の極限にまで至り、光の中の闇、闇の中の光がさらに反発を引き起こしていました。

そこで、対立のバランスをもたらすために、評議会のメンバーによる会合が日夜行われることになりました。

また、意識の力を使って争いの場から文字通り姿を消して網の目をかいくぐり、惑星外へと転生を果たす魂の錬金術も支配下の目を盗んで発達しました。

けれども、多くの者たちは戦いに熱中して、オリオン先住民の精神も不屈だったことから、逆に戦争に反対するための戦争が起きてしまうなど、ますます戦いは熾烈《しれつ》さを増していきました。

とりわけ、闇側の支配を壊すための革命軍「ブラックリーグ」は自らの士気を高め、命を燃やし光を放ちながらも、結果的に戦いに油を注ぐこととなり、日に日に暗黒は増すばかり。

争う者たちは二元性のバランスを求め、本当は互いが互いに魅せられ、その先にある統合に引きつけられながらも、極限にまで相対してしまうのです。

狂乱の中にいる彼らは、凄まじい質量と熱量で愛情と憎悪をむき出しにして戦っていました。

私たちアンドロメダからたどり着いた一行は、その惨状を目の当たりにすると圧倒されてしまいました。

遠く離れたところから見るそれらの営みは鮮烈で華々しく映ってはいたけれど、実際にその渦中では苦しみと痛み、血と涙に覆われた凄まじい光景がそこにあったのです。

すべてを受け入れてとろとろに溶けている私たちとは違い、こちらの世界の人々はバキバキに浮き上がって、ぶつかり合い、火花を散らしていることに驚くばかり。

これが命の表現なのかと、目を見開き呼吸するのを忘れるほどです。


自由とはこのようなことすらも容認するのであり、このような悲劇においては、イズネスは恨むべき対象でもあり、不信と怒りと絶望に満ちたその場所では、あらゆる悲惨なことが起こっていたのです。


「愛って一体、何?」

私は自分に問いかけることになりました。

当然ながら答えはすべて違っていて、愛のために人々は血と涙を流すこともあるのです。


ここでの命は光と闇の中で閃光《せんこう》を放ち、スリルと熱狂に沸いています。

唯一無二の存在として自己主張を繰り返すユニークな個性たちは、その違いを攻撃しあい、ぶつかり合いは終わらない。


ここは、イズネスの愛を感じる場所から遠く離れていました。

究極の愛の源がすべてを愛し、今この瞬間も包んでいることに彼らが少しでも気づいてくれたら、それだけでこの争いはなくなってしまうだろうに。

砕け散ったミンタカ

少し離れたところから私たちは彼らを見守り、愛を送り続けました。

あらゆる惑星や次元から、オリオンへの使者は後を絶たず、私たちも彼らと共に手助けをしようとしたものの、惑星に張り巡らされたクモの糸のようなエネルギーの網は、私たちをその中へ入れてくれません。

そしてついにミンタカ星は、命の絶叫と絶望の重さで自らの重力の臨界点を超えた時、戦闘による最後の一撃で砕け散ったのです。

この時、ミンタカ星が犠牲になることで磁場が揺らぎエネルギーバランスが崩れると、これまで惑星自体を囲っていた網もほころびました。

そこで、その瞬間を見逃さず、私たち一行と他の惑星からの使者たち、あらゆる次元から来た助けの手は網の隙間に入り込み、入念に準備していた救出作戦を実行することにしました。

この作戦時には戦闘に興じる戦闘狂、ハイエナのように死者の残骸にたかる者、賞金稼ぎや見物客など、ありとあらゆる宇宙種族が銀河中から詰めかけたことで、宇宙の人種のるつぼと化し、そこでは善も悪も、美しさも醜さもが混然一体と入り乱れることになりました。


私たちは一丸となり、愛の源であるイズネスの波動をオリオンに注入することにしました。

その方法とは、愛の波動を象徴する存在を1人オリオンへと送り込み、その存在をそこで転生させること。

その魂は、計画通りオリオンのある場所で産声をあげ、大きくなるまで秘密裏に育てられました。

これが私たちの救出作戦でした。


結果的に作戦は成功して、愛の波動は次第に波紋となって周囲の人々へ共鳴を起こし、オリオン座全体の圧力と密度は緩みはじめました。

これは、「不安や恐れ」の中で両者がぶつかり合うのではなく、熾烈な争いの中にあってもイズネスとのつながりと愛に焦点を当てることで、それぞれの魂が絶望という体験の中から愛という在り方を抽出していく、というものでした。

その後、多くのエネルギーが行き交うことで愛の波動は広がり続け、ガチガチに固められた支配は崩壊すると同時に、これまで長きにわたった大戦も終わりを告げ、参戦した人々も宇宙に飛び散っていきました。

夜空を見上げると発見できるオリオン座の真ん中三つ星の一番右の星が、ミンタカ。

ミンタカ星は、地球にまだ光を届け続けているけれど、実際に今ではもう悲しみの中で破裂してしまっている。そして、犠牲を払ってまで数多の魂を救済した偉大なる魂。

夜空を見上げたときに見えるその光に、あなたはどのような一言をかけるでしょうか？

また、犠牲になった大勢の戦士たちの魂も、故郷を失ったオリオン人たちの魂も、まだその場所からミンタカと共に光を届けています。

その魂たちに、あなたはどのような声をかけるのでしょうか？

私も大戦後はそこから動くことができず、粉々に砕け散った惑星の残骸がなくなるまで、何千光年も見続けていました。

「なぜ、このような争いが起こるの？　みんなイズネスの愛から生まれた存在なのに。ただ、誰もが愛したい、愛されたいだけなのに」

私はミンタカの砕け散ったカケラたちを抱きしめながら思案し続けていました。

「愛とは何？　私はいったい何をしにきたの？　私に何ができたの？　大勢の犠牲者を出して戦いは終わったけれども、また同じような悲劇がどこかできっと起きるに違いない。私はそういう時に一体どうしたらいいのだろう？」

以前に、マルコの憤りやガイの悲しみを聞いて〝概念〟では知ってはいたけど、こんなにも現実は壮絶なものだったのかと身体中から、何だかまだわからない未知の感情がふつふつと噴出し続けました。

「なんだろう？　これは」

得体のしれないものが身体中から生まれ続け、ドロドロと身体の中からウジ虫が這い上がってくるように湧き続けるのです。

「でも、〝これ〟が、私がどうしても感じたくてアンドロメダからやってきた理由なんだ！」

私はその感覚を味わい尽くしました。

そして、惑星の残骸があたり一面にアンドロメダの流体のように漂って行くさまに、遠く離れた

故郷を重ねて恋しさを想いながら、その場で杭を打たれたように動けずに見守り続けました。

大戦後には、戦争の首謀者はオリオンから離れ、大戦で傷ついた人々も他の惑星へとそれぞれの痛みを抱えながら流星群のように飛び立っていきました。

そして、ある１つの流れ星は、雷に打たれたように動けない私を乗せると、流れ星と共に私はオリオンを離れ、安息の地プレアデス星団へと向かいました。

第6章 プレアデス

癒やしの星、タイゲタ

プレアデス星団のタイゲタ星では、戦いで傷ついた魂たちがコミュニティを作って生活していました。

この場所には、傷を負った戦士や犠牲者たちが1人また1人と辿り着き、コミュニティは次第に大きくなっていきました。

ここには、ミンタカを思わせる水の豊かな湖があり、その湖のすぐそばで癒やされながら、私も彼らと一緒にささやかな暮らしを営むことにしました。

この土地は1日の大半にわたって濃い霧が立ち込めることから、あたりは幻想的に包み隠されて、姿を隠したい者たちにはもってこいの場所でした。

ここに来た各々がそれぞれ戦争で傷ついており、癒やされぬ傷とその記憶を、自分たちの心を守るために、この土地で消していきました。

これは、自分たちの想念エネルギーがＧＰＳのように働くことで、支配帝国軍に自分たちの居場所を知らせてしまうので、彼らからの追跡を防ぐため、新たなコミュニティが破壊されることを防ぐためでもありました。

湖のすぐそばには洞窟があり、中に入ると一面が大小のクリスタルの結晶に覆われていました。そこは神殿でもあり、そこで人々は瞑想をして自分自身を顧みることで、大戦での出来事や過去の傷と記憶を浄化し、愛へと昇華していました。

この洞窟では、中に入る者の魂の純度に比例して洞窟内のクリスタルは反射して輝き、クリスタルに吸い込まれた数々の記憶は皆の財産となりました。

「その苦しみを背負ってくれて、ありがとう。あなたのおかげで私たちは学び、魂の財産が増えたのです」

と、すべての者たちに苦しみは共有され互いが讃えあうことで、人々は自分たちの苦しみから少しずつ脱却していきました。

私たちは、次の世代には大戦の事実を歴史の授業のように継承していきましたが、やがて、人々の記憶から大戦のことは消えていくと、そこでの毎日は平和に過ぎていきました。

私もクリスタル神殿で瞑想をしたり、大きな湖に浮かんで水面に輝く光の中で身体を溶かしたり、プレアデスの美しさに息をつきながら遊び、自分自身を取り戻していきました。

多くの人はこの水辺の暮らしを気に入り、自らの身体をイグアナ化して水陸両用仕様にする存在たちも少なからずいました。

イグアナ化した人々はその後、より自分の身体の環境に適したカペラ星へと移住をすることになりました。

カペラ星は、オリオン大戦の闇を代表する爬虫類系生命体の光の面を発達させた者たちが住む星でした。

光と闇の統合という大きな使命のために、イグアナに自らを変容させてカペラ星へと勇んで向かう存在たちのことを、私たちは心から応援して送り出しました。

プレアデスの民たちの会合

さて私は、ここでもまだアンドロメダ人でした。

身体を天の川銀河仕様に変化させていたとはいえ、水溶性の身体は完全に物質的なものにはなっていませんでした。

そこで、自らが水の状態になって湖の中で漂い、水を送信機としてアンドロメダの意識とつながりました。

追跡GPSで検出されないよう微細な高周波を使って、天の川銀河で体験したデータをアンドロメダの家族へ送ると、反対にアンドロメダの家族の方は、私への癒やしと完全なる受容と愛を送ってきてくれました。


そのような暮らしがどれほど続いたでしょうか。

私たちはとても平和でしたが、やはり、そこでは怯《おび》えたように身を潜めながら暮らしていたのです。

その頃の私は、アンドロメダ型プレアデス人になっていて、自身の溶ける性質を用いて皆の固まった心を溶かしていくのが仕事となっていました。

その頃になると、コミュニティとして村社会の中で収穫物を皆で日々分かち合い、子どもたちも生まれると、子育てはコミュニティ全体で担っていました。

皆がお互いに責任を持ち、永遠に幸せが続くような暮らしのシステムは、大戦中に夢見続けたささやかな普通の暮らしであり理想郷でした。

このようにして、プレアデス星団の多くの星でたくさんのコミュニティが生まれ、やがて、各々の部落同士の間で交易が行われるようになっていきました。

それに続き、先住民のプレアデス人との交流も活発になってくると、当初は傷ついていた私たちのコミュニティはささやかな暮らしだけに満足をしていたものの、少しずつまた宇宙へと目を向け、顔を上げるようになっていったのです。

そんな中、地球へと度々訪れているプレアデス人の話を聞くことになります。

太陽系には、地球という惑星があるということ。

そしてそこは、オリオン大戦の第２の舞台となる可能性があるだけでなく、光と闇の最終局面の戦いが行われていて破滅へと向かうか、統合へと向かうかの岐路に立っている、と。

オリオン大戦の生き残りは、プレアデス以外にも他の星々へと散らばり、支配帝国軍は太陽系のマルデック星＊へと転生し、再びそこは戦争の場となりミンタカ星のように砕け散ったということを知りました。

また、その隣の火星も焼け野原となり、火星の隣の地球がその犠牲となりはじめていたのです。

これについて、私たちの村のかつて戦士だった者たちの間で議論が起きました。

「オリオン大戦で負傷した生き残りの我々こそ、地球に行くべきなのではないか？」

「でも、行ってどうする？　我々はこれまでどれだけの犠牲を払ったかわかっているかい？　もうこれ以上、仲間が傷つくのを見たくない。あなたを戦場へ両手を振って送り出すことなどできない」

「そうよ。私たちはすべてを犠牲にして尽くしてきたけれど、闇に堕《お》ちた者は結局自分が変わることで気づいていくしかない。それぞれの魂が自分自身の運命を選んでいるのだから、私たちがそのことに介入するのは間違っている。私たちにできる最善のことは、争いに加わらないこと。終わりのない破壊と殺戮《さつりく》の火を大きくするようなエネルギーを注がないこと」

「しかし、我々もまた当事者であり、他人事ではない。我々は光の側面ばかり見てきたことで、悪をゆるし、永遠の犠牲者に成り果ててしまった。我々は犠牲者という立場から脱するためにも、悪をゆるし続けてはならない」

「そうだ！　悪は徹底的に叩《たた》き潰せ！　やられないと、わからないことがある。奴らには身をもってわからせてやらなくては！　それが虐待者への愛、独裁者への愛だ！」

「ナンセンス！　僕らは光と闇の戦いを十分に味わい、統合を求めたはずだ。犠牲者、加害者という考え方から、もう抜け出そう。どちらも犠牲者であり、加害者でもある。もうそんなドラマに加わるなんてまっぴらだ。ただ愛に生きよう。それが、僕らがオリオンで学んだことじゃないか！」

「皆、どうしてそんなに否定的な側面にばかり目を向けるの？　私たちは、光と闇の極致を統合させるという使命を皆あそこで担ったんじゃないの？　地球は私たちの黄金の地、光と闇が統合される星になる。私は行くわ！」

＊マルデック星
かつては火星と木星の間にあった太陽系の惑星の一つ。現在は粉々の帯状小惑星帯となって太陽の周りを巡っている。

「確かに、私たちは光であろうと努めすぎたのかもしれない。自分自身の中にある闇を否定していたのよ。だから、あんなにも戦争が激化してしまった。自分の中には愛と光しかないわけではないことを学んだでしょ。私たちはまず、自分の中にある闇を受け入れなければ」

「そうそう！　皆、自分の内側の怒りと葛藤を人のせいにしすぎなんだ。自分に目を向けずに人を変えようとばかりに気を取られている。幾つ星を破壊したら気がすむんだよ。バカバカしい！　光側だ闇側だ、敵だ味方だ、などと分けるのはやめよう。僕はここで自分を愛して、愛を宇宙に反射してるほうがマシだね」

「……私たちは愛として、今どうすべきか……」

愛の在り方を問う議論は永遠に終わらず、前にも後ろにも進めずに、私たちは自分たちの内部へと留まり、宇宙とイズネスと一体になり、自らの答えを思案しながら瞑想し続けました。

いざ、地球へ

こうして数日が過ぎた頃。

やがて、1人の仲間が夜明けとともに深い瞑想から目覚めました。

すると、そのまばたきの振動が皆の目を開かせ、深く内面へと潜っていた瞳に陽の光が差し込むと、各々の真実に光を当てたのです。

陽の光となって皆をいざなったのは、イズネスであることに間違いはありません。


その時、それぞれの視点から腹を決めると、皆は静かに迅速に行動を起こしました。

地球へプレアデス人特派員として向かう者がいれば、地球へ転生することを決めた者。また、コミュニティに残り、皆の第二の故郷を守ろうとする者。他の惑星に伝達をして仲間を集めようとする者などなど、各々ができることをはじめたのです。

このようにして、コミュニティは変容を遂げていきました。

私は、アンドロメダ人であることを捨てる決意をしました。

地球へ転生するということは、今までの一切の記憶を消すことになります。

それが私にとって、自分の真実に照らし合わせた答えだったのです。


苦しみや痛みを知り、戦いを知ることで、「その悲しみを終わらせたい、助けたい、癒やしたい。イズネスと共にある愛の喜びを伝えたい」と思いました。けれども大戦の後、私はまだ無力さを感じていました。


「愛とは何か？」

あの大戦を目撃した後、私は深い迷宮の中に入り込み、自分自身が納得する答えを見つけ出せずにいました。

すべてを捨てて地球人として生まれ変わり、争いを外から手をこまねいて見ている部外者ではなく、当事者として、その中で生き抜いて、本当の愛に辿り着きたいと願いました。

本当の自分であるために自分を捨て、地球人として生きて学ぶことが私の道なのだと感じたのです。

そしてその上でもう一度、人とつながりたいと思いました。

第7章

地球——シャンバラ編

地球の内部から地上を眺める

私は、プレアデスから地球へ向かうことを選択した仲間たちと共に、地球へやってきました。

私たちは、まず地球の中心核、子宮ともいえる地底シャンバラへと飛び込みました。

というのも、地球人になるためには、シャンバラという地上より少し波動の細かい場所で身体の周波数を地球に合わせ、さらに固定化させる必要があったからです。


シャンバラでは地球内部にいながら、地上での生活を学習することもできました。

あたかも、母親の子宮から胎児が生まれ出る世界を覗《のぞ》き見て学習するかのように、私たちはシャンバラの空に映る地上の生活を見つめていました。

シャンバラは、地球の中心にありながら地上の世界のように青い空に囲まれていて、その青い空には地上で生きる人々の暮らしをスクリーンのように転写させることができました。

空に映し出された地上のたくさんの顔、心模様の中からお気に入りの人を見つけ、その人にフォーカスを当てて、その人の暮らしを覗き見るのは楽しいものでした。

ここでは、地上へ転生する際には世界情勢や勢力争いの動向を見ながら、どのような時代、どのような家族、どのような人生を選ぶかなどを熟考したものです。

私たちにとって地上の人々は、光と闇の二元性を行き来して感情的の起伏が激しく、ドラマチックな人々として映っていました。

また地上でも支配、コントロール、優劣意識から自分を確立しようとする闇の意識は、争いの火種となっていました。

一方で犠牲、我慢、自己否定から自分を見出そうとする光の意識は、争いが巣食う土壌となっていました。

「あなたのようになりたい」と望み、すべて吸い尽くそうとする闇は、すべてを吸い尽くして光になろうとし、「あなたを愛したい」と望みすべて与え尽くそうとする光は、自身のすべてを差し出すことで闇を背負っていました。

被害者の顔を持つ加害者と、加害者の顔を持つ被害者。

二者は互いに入れ替わりながらドラマを生み出し、光と闇の劇を演じながら、人々は真実の愛を見出そうともがいていました。

でも、どんなに不器用でも、必死で愛に向かっていることは紛れもない事実。

そこでシャンバラ人は、地上であまりにも深い不安や絶望など、愛と反対のエネルギーが過剰に傾くと、その場所にエネルギーを送り、地球全体のエネルギーのバランスを取り循環させる役割も担っていました。

私はこの激しいコントラストの中で、自分が地上での転生においてどのようになってしまうのか、少し心配になりました。

そこで、プレアデスでのコミュニティの暮らし方に近い生き方を送るネイティブ・アメリカンの女性として生まれることに決めました。

地球の大地を味わい、慈しみながら暮らす経験を通して、まずはこの星と共振しながら慣れていこうと思ったのです。

ネイティブ・アメリカンという部族は、私たちがプレアデスで悩んだように、愛の在り方を模索する高潔な魂であったことも大きな理由の1つでした。

私はこれからの転生で母となる人と魂の約束を交わし、ブラックホールを抜けるときのように自らを融解させ、すべてを忘却の彼方へと押しやると、旋回しながら母の子宮から飛び出し、純粋無《む》垢《く》な地球人として生まれ変わったのです。

第8章

地球——ネイティブ・アメリカン編

孤独なネイティブ・アメリカン

ネイティブ・アメリカンの女性として転生した私は、初めての地球に馴染めずに大変孤独を味わうことになりました。

地球で暮らす初めての場所として、オリオンのミンタカや、プレアデスの水辺に近いコミュニティのような部族を選んだものの、赤い地球が孤独な私の唯一の友でした。

赤い大地には、ミンタカのような美しい海やプレアデスのような広大な湖はありませんでしたが、ささやかな水辺が孤独を癒やし、そこが私の秘密の隠れ家となり、周囲の木々や花、鳥、風などと語らう日々を送っていました。

私は地球を愛し、地球もたくさんの表現で私を愛してくれていました。

けれども私は、頭上に広がる夜空を眺めながら赤い大地を見つめて、「どうして生まれてきたのだろう?」と記憶のない自身に問い続けるようになりました。

空を見上げると、なぜか恋しさと心細さに涙があふれ、今の自分が宇宙の果てに追いやられたかのように感じられて、自分を涙で慰めるしかありませんでした。

ここでは、シャーマンたちがイズネスのことである〝大いなるすべて〟を「サムシンググレート」と呼んでおり、部族の日々はサムシンググレートへの祈りとともにありました。

サムシンググレートは、すべてを忘れた私の深い魂の願いを知っていて、そのことを学ぶチャンスを私に授けてくれました。

私は地球に馴染もうと必死ながらも、いいようのない虚無感に振り回され、孤独を深めていました。

すると、そんな私の前に同じ部族の1人の男性が現れました。

彼は自らの愛で私を助けようとしてくれたのですが、同時に私を自分のものにしたいという所有欲を持つ、いわば光と闇を持ち合わせた男性でしたが、結果的に、私はその彼と婚姻を結ぶことになりました。

しかし、私は彼の愛を受け入れることで新境地を夢見ながらも、やがて、囚《とら》われた〃かごの鳥〃のようになっていきました。

彼は私が彼の所有物になることに反発し、また、自分の愛を否定されることに絶望を感じると、ますます私をコントロールするようになっていきました。

私たちはお互いに自分のことを理解してほしいと対立し、溝は深まる一方でした。

自分の不足、不安を補おうとする愛は、犠牲者となると同時に加害者にもなり、光と闇の交互に揺さぶられる日々が続きました。

遠くアンドロメダから見ていた頃の地球は光と闇の織りなす模様が美しく、地球で生きるという経験に憧れたものですが、その中で生きることはそんなに簡単ではありませんでした。

かつて、地底のシャンバラで見ていたような光と闇に引き裂かれるドラマに、いつしか自分も飲み込まれ溺れていったのです。

この場所では、私は弱い人間でした。

一切の記憶を消し、イズネスとの一体感を忘れた私は、まるで木から切り離された落ち葉のように頼りない存在であり、風の中で翻弄され続けるばかりでした。

けれどもイズネスは、私自身が愛の強さを持ち続けるようにと導き、また、もっと深く愛を知ることができるようにと、新しい体験を贈ってくれたのです。

初めての肉体の死

ついにある日、私は夫が出かけた隙に、身の回りのものをまとめると夫の元から逃亡しました。逃亡する途中で違う部族へと助けを求めると、前の夫とまったく違うタイプの1人の愛情深い優しい男性と出会いました。

その男性との関係は、お互いの不足を埋めるために戦う愛情ではなく、お互いの個性を容認し、その個性をサポートしあうという愛にもとづくものでした。

やがて、新たに出会ったその男性と私との間に女児を授かり、そこで築いた新たな家族は私の孤独を癒やし、子どもの存在が自分の新たな幸せの源となりました。

こうして私は、地に足をつけて地球で生きる恵みを享受できるようになりました。

ちなみに、この時の子どもは現世では私の妹として生まれてきていて、私を本来の自分で生きるサポートをしてくれています。

この人生において、私の晩年は幸せの中で眠るように息を引き取りました。

それは、私が経験する初めての肉体の「死」でした。

死の間際には、家族が寝床に横たわる私を見守り看取ってくれ、死んだ直後には魂がシャンバラに吸い込まれていくように抜けていきました。

その瞬間は暗い闇に抱かれ、生まれた時の母の胎内の温かさにまた戻っていくような感覚になり、闇を抜けると魂は愛の光のもとへと辿り着きました。

魂の故郷に戻ると私はまたイズネスと一体になり、永遠の至福の中に包まれました。

新たな体験を経て戻ってきた私の光は、前よりももっと色とりどりの光を放ち、色の数だけ周囲の光と共鳴して深く響き合いました。

イズネスの中にいながら、私はずいぶんと長い旅をしてきたなぁと感じていました。

考えてみれば、最初に身体を持ったリラから生まれ変わることなく旅を続けていたために、ここに帰ってくるのは本当に久しぶりだったのです。

何もする必要は、　ありませんでした
何にもなる必要は、　ありませんでした

みんなで、ひとつ

ずいぶんと長い間、私はイズネスの中でたゆたいながら休んでいましたが、そんな私にイズネスが話しかけてきました。おしゃべりが好きなイズネスは、私を放っておくことができないのでしょう。

イズネスの愛は、どんどん大きくなります。

イズネスの愛がさらにどんどんどんどん大きくなるがゆえに、どうしても、私にやってほしいことがあるみたいです。

あぁ、そうだった。

私はイズネスとの旅路の中で、魂のテーマを見つけたんだったと思い出しました。

それは、「争いを終わらせる」という魂のテーマの学びの途中だったんだ、ということ。

私がやりたいことは、イズネスがやりたいことでもあるのです。

でも、ここでは皆がひとつで仲良しなのに、どうして他の場所に行ったらあんなふうになっちゃうんだろう?

ここでは愛と安心と平和があるのに、どうしてわざわざ他の場所へ行って殺し合ったり傷つけ合ったりするの?

そんな私の疑問に対して、「答えを見つけに行っておいで！」とイズネスが言いました。

「答えを見つけることで、あなたの愛が、私の愛が、皆の愛がもっと大きくなるから」と背中を押すのです。

イズネスは、「オリオン大戦を終わらせた子に似た子が地球に生まれたところだから、その様子を見にいっておいで」とアドバイスしてくれました。

そこで、私は、再び地球へ転生することにしました。

アンドロメダでは何度も生まれ変わらなくてもよかったのに、ちょっとめんどくさいなと思いながらも毎回、いろいろな身体や性別、人生を味わえるのはなかなか面白いものです。

次の人生が終わったら、またすぐここに帰って来られるので、私は元気にこう告げました。

「じゃあ、いってきまーす！」

こうして私は、イエス・キリストという存在を見るために、再び地球に降りていきました。

第9章

地球――エルサレム編

イエス・キリストとの出会い

再び、私は地球に転生してきました。

エルサレムでイエス・キリストが十字架を背負い引きずり歩く姿を、少年の私は弟の手を引いて周りの人や土埃《つちぼこり》にまみれながら、必死に追いかけました。

それは、ショックな光景でした。

「どうして？　どうして？」と疑問が湧き続けます。

「どうしてあんなにいじめるの？　皆、本当はあの人みたいになりたいのに」

彼は愛のためにすべてを捧げ、オリオンでは彼のような愛の存在と皆が共鳴することで戦争が終わったのに、ここでは皆で共鳴せずに彼を惨殺してしまった。

またこの場所では、オリオンのように爆弾を用いて争うのではなく、マインドによる精神戦が行われていることにも混乱と陰湿さを感じました。

彼のイズネスへの愛と信頼が、逆に皆を愛とは反対の方に動かしているという事実……。

私はこのことを知るとショックのあまり病気になり、早々にその人生を切り上げることになりました。


イズネスに戻った私は、同様にイズネスに戻っているイエスのもとへと飛んでいきました。

イズネスに戻ってきた彼は、大きな愛の光で崇高に輝いていました。

彼の姿からは、さまざまな色が混ざって生まれた強烈な純白の光が放たれていました。


その姿は、まぶしくてたまりません。

しかも、彼のその強すぎる愛の光はイズネスのもとから地上にまで届いており、地球の人々の心を少しずつ少しずつ溶かしていました。

また、その光をめがけて、イズネスに帰る道を見失っていた多くの魂がイズネスのもとへと帰ってきていました。


その時、私は理解したのです。

そうか！　彼は自分が地球にいる時だけではなく去ったその後のことも、また、地球の現状もすべて理解した上で何世紀、何世代にもわたって人々を救うことができるようにと考えていたんだ。

そして、そのために、緻密に練られた壮大で衝撃的な魂の計画があったのか！

しかも、あの迫害の中で究極の犠牲者になりながら、愛と信頼を生きることを迷わず選択し続けるなんて。


私は感激を抑えきれずにイエスに声をかけました。

「あなたは、なんて強く賢く憐れみ深いイズネスの子なんでしょう！」


イエスは、人懐っこい笑顔を見せて言いました。

「あなたにも同じことができますよ。だって私たちは皆、イズネスの子どもたちであり皆、同じです。個性は違えども、持っている力は同じ。私はただ、いつでもどんなことがあろうとも、イズネスを信じていただけ。ケシ粒ほどの信念があれば、何だってできます。それに、私はあなた以上にたくさんの失敗と後悔を繰り返してきた。ただそれだけの違いなのです」


「私にも、あなたのようなことができるかしら？　私はあなたを見て、自分はまだ行き当たりばったりで幼稚だと思ったんです。私も人を助けたいし、悲しみを終わらせたい、争いをなくしたいと願ってここまで来たけれど、あなたのように力強い救済を行うにはどうすればいいかしら。まずは、人類の歩みをしっかり観察して学び、その上で魂を磨いて私自身の愛を大きく成長させなければ……」

イエスを知った後、私は地球について、また、そこに住む人類や彼らの歴史についてのことを学びました。

そしてわかったこと。

基本的に、人類はいつの時代も光と闇の交互に大きく揺さぶられていました。光と闇が織りなすさまざまなドラマが地上では人の数だけ、歴史の長さだけ展開されていました。

「この二極性をマスターするのは、なかなか骨の折れる仕事だぞ」

そういった現実をネイティブ・アメリカンとエルサレムの人生で思い知った今、私はさらに気合を入れ直しました。

私はオリオンで戦争が終わった時のように、地球惑星内にイズネスと一体である波動を注入することが一番良い方法だと思えました。

そのためには、アンドロメダの受容エネルギーをシャンバラと地上につなぐことが、最も私らしいやり方だと感じました。

それには、たくさんの宇宙意識が出入りするインドという土地が一番適していると考えました。

そんな様子を見ていた私に、イズネスが声をかけてきました。

「さあ、もう一度、行っておいで！　忘却の淵《ふち》で苦しむ兄弟姉妹たちが自らを救い出せるように、行っておいで。そして、私のもとへと愛を携えて戻っておくれ。イエスと同じだけの力を皆に与えているんだから。彼のように私を信じることができたら、私たちはもっと大きな創造を行っていけるよ。あなたの兄弟姉妹たちに、私はここでいつまでも帰りを待っていると伝えておくれ。彼らに忘却の淵から抜け出す道を教えてあげてほしい」

第10章

地球——インド編

踊り子としての人生

地球での次の人生として、私は南インドのある地方で「デーヴァダーシ（デーヴァ＝神、ダーシ＝仕えるもの）」と呼ばれる踊り子として生まれることにしました。

私の特性である、すべてと溶け合うアンドロメダの個性は、この地球では空気の中を泳ぎながら踊ることがとても合っていると思ったからです。

私は幼少期から寺院へと捧げられ、その地方では神とされている地球をガイドする非物質存在と、地上における婚姻を結びました。

寺院での私の暮らしは、朝起きて沐浴を済ませると神々へ花や椰子《やし》の実やバナナの朝食を捧げ、奉納の舞を舞うのが仕事でした。

午後になると、参拝者のために冠婚葬祭の舞や豊穣の恵みなどの季節の舞を行い、夜には神々た

ちが眠る準備をするために詩を歌い、また踊りを捧げるのでした。

今回の人生では、私は踊ることがすべてであり、来る日も来る日も踊ることに明け暮れていました。

そして成長すると、神との合一に導くヨガ行者を意味する「ヨーギニー」とも呼ばれ、地上の肉体に縛られている人々の意識を神々やイズネスへとつなぎ、宇宙へと解放する役割を担うことになりました。

この地上での〝踊り〟は、アンドロメダでの私の生き方そのものでした。

すべてと溶け合い、交わり、流れ続けるエネルギー。

神々や自然、大地に向けて、また、生きとし生けるさまざまな存在の喜び、悲しみ、希望のすべてに祈りを込めて裸足で大地を踏みしめ、指先の隅々にまで、目線の行く先々にまで想いを届ける。

額の汗が頬を伝うときすべては混じり合い、大きなうねりとなって宇宙へと放たれ、そのうねりは地上を浄化し、地球の中心のシャンバラのエネルギーを汲み上げ、イズネスと一体となるエネルギーとして地上と人々の心へとあふれ出すのです。

この地球がいつまでも美しい星であるように。

人々がイズネスから切り離されて絶望し、抑圧したエネルギーの中でこれ以上争うことのないように。

ミンタカやリラ、マルデック、火星で起きた破壊をこの地球では繰り返さないように。

人々が一体であることの喜びを感じることができるように。

その喜びがこの地球を包み込めるように。


神々は私に無限のサポートを与え続け、私たちは交流し続けました。

すると、そのエネルギーに感応した地上の暮らしに苦しむ人々が私のもとへやってくるようになりました。

そこで私は、彼らに対してヨーギニーとして「タントラ」と呼ばれる性の儀式で私の肉体を通じて、イズネスのエネルギーと再結合させ、本来のその人の魂の生命力を呼び起こしました。

私のもとへと集まる人の中には、私のことを女神や魔女などと呼ぶ人もいました。


地上は、なんて〝個であること〟に固執しているのでしょうか。

私はアンドロメダの常識とはかけ離れたここのルールに驚きました。

言ってみれば、アンドロメダでは皆が互いにセックスをしているようなものでした。

それは秘め事ではなく大々的に行われるものでもあり、中には1対1の密な関わりはあっても、全体が全体と交わることが私たちの常識だったからです。

皆が自分のすべてを他者へ明け渡し委ね、信頼して愛し合い同化したうねりの中で終わることない、めくるめくエクスタシーが私たちの生命力でした。

男女の性別や個性などの違いはあるものの、その人の男性的側面と女性的側面のバランスとして、私たちは男女という区別もなく自由に交わっていました。

けれども、地上では個性を際立たせることに重きが置かれていました。きっとそれは物理的な肉体という性質がそうさせるのでしょう。

地上では、1人の特定の人とだけセックスすることが美徳とされ、結婚という制度が重要視されていました。そうすることによって個人のエネルギーの変化は最小限にとどめられ、血統や家庭、階級というシステムやその中にある哲学、ルールが守られるからです。

私は〝守る〟という概念が抜け落ちており、これにとても戸惑いました。アンドロメダでは守るべき相手や他者、枠組みや所有などは存在しておらず、変容は毎瞬歓迎されるものだったからです。

けれども、私は地上のルールに縛られない生き方を寺院の神々との婚姻関係で守られながら、天の川銀河特有のルールである守るという概念を学んでいきました。

そして、私なりのやり方で地上の人々を、愛していきました。

しかし、私の生き方は人々を解放すると同時に、人々の守りたいものを壊す脅威になることもわかってきました。

結果的に、私の元へと通う男女のパートナーたちの嫉妬と恐怖、怒りを掻き立ててしまい、彼らからあらゆる方向で黒魔術をかけられることになってしまったのです。

さらに、アンドロメダの流動的な生き方は、肉体を持つ地球では交わった人々のさまざまなエネルギーが流れることなく留まってしまい、次第にそれが溜まると穢《けが》れとなっていきました。

その時私は、この穢れを嫌うためにここでは結婚制度が重要視されているのだと気がつきました。

それまで、イズネスの純粋エネルギーで穢れは流せていたのですが、黒魔術で縛られた私の身体はイズネスのエネルギーを受容することが難しくなり、次第に、あらゆる不調が襲いかかり、人々の念が私の中を食い荒らすようになっていきました。

私はやがて息も絶え絶えとなり、生きた屍《しかばね》になっていったのです。

こうなってしまうと、もはや、死が私に残された唯一の道に思え、死の世界にたどり着くことだけがイズネスとまた一体になれる残された手段としか思えませんでした。

そして、私は自ら命を絶ちました。

この人生は、イエスのように迫害の中でも愛を選べるか、ということを自らに課した試練でもありました。

私は、被害者・加害者の枠を超える愛を、その後の死後の世界で模索していくことになります。

暗黒の世界で生きる

自死した私はイズネスに戻ることなく、すべてから切り離された真っ暗闇の奈落の底へと落ちていきました。

私はそこから何百年間も出られずに、忘却の淵の暗黒に閉ざされた世界でただ1人、闇と対峙することだけが唯一の仕事となってしまいました。

イズネスは私が私自身をどこまでも愛せるように、そして暗闇からの帰り道を見つけることができるようにと、愛の喜びとは正反対にある究極の暗黒の世界に私を連れてきたのです。

やがて私の意識は、果てしなく深く暗い内面宇宙へと降り続けていきました。

そこには私自身の深い闇があり、さらにその闇の影には憎しみ、不安、恐怖、嫉妬、残酷さなどが棲みついていました。

私は、自分にそのような醜さがあるなんて思ってもみませんでした。

実はこれは、黒魔術をかけた人々が私の奥にある一面を映し出してくれていたのです。

暗黒の中で、私は吐き気とめまいのするような自らの最も醜い部分と1つずつ順番に向き合い続けました。

それは、私にとっての初めての戦いでした。

イズネスの場所にいた時も、アンドロメダにいた時も、すべてが渾然《こんぜん》一体と交わり合っていたために、自らの醜さがこんなにも浮き上がってくることに耐えられず、身悶え続けました。

皆こんな苦しみと戦っていたのだと、私は初めて悟りました。

そして、このような極限の苦悩が密度の濃い天の川銀河全体で行われているということに、改めて敬意を表したい気持ちになりました。

アンドロメダにいた私が天の川銀河に惚《ほ》れ込んだ理由は、光と闇が分極する最果てで死闘に自ら勇み臨んでくれる彼らの強さなのです。

私は、自らの最も醜い部分と対峙し続けました。

愛とはまったく正反対に思える恐ろしさが次々と内から湧き続け、襲いかかってきました。

それは愛を感じることのできない無明の世界でした。

これまでの私は自分自身を無条件に愛せておらず、また、すべてを受け入れられてはいなかったことに気がつきました。

そして、ある1つの思いに至ったのです。

それは醜さ、残忍さ、吐き気がするような汚ささえも私の一面であり、見たくない部分に蓋をしていることが、すべての争いの根本なのではないかということ。

皆、自分自身の内部に巣食う醜さを受け入れることができなくて、それをごまかすために闇となり他者を攻撃し、光となり自己正当化し、自分の見たくない本質と対峙することから逃げているだけではないかと。

だからこそいつまでも逃げ続け、終わらない潜在意識の自己との戦いが表面化して、それが全体意識に映し出されて、その結果、戦争というものが起きたとしてもそれが正当化されているのではないか。

次々と湧き起こる己の醜さに打ちのめされ続ける永遠の時が過ぎました。イズネスは〝永遠の時〟という姿をして、私のすべてをゆるしてくれていたのです。

それからの私はもう逃げることも抵抗することもせず、あきらめたように己の醜さを受容しはじめました。

1つずつ自らの愚かさ、醜さ、卑劣さ、矮小《わいしょう》さ、孤独、飢え、痛みなどを数え上げているとキリがなく、醜いものは無限に湧いてきました。

ここにさえも無限が存在していたのです。

かつてオリオンで、ドロドロと身体の中からウジ虫が這い上がってくるように湧き続けた未知の感情が、目の前に私自身として具現化してきました。


「〝これ〟が、私がどうしても感じたくて、アンドロメダからやってきた理由なんだ」


美しい愛だけで自分は形成されているのではないことを知った私は、自分自身の気持ち悪さに吐いても吐いても足りないほど。

けれども、私はこの世界で存在するために、最も汚く愚劣な存在に堕ちていくことを自分にゆるし、また、そんな自分を認めて受け入れ愛していくことにしました。

そのプロセスにおいて、愛に値しない者たちに直面したとしてもあきらめずに愛し続けました。

暗黒の荒野で叫び声を上げながら、どれほど進んできたでしょうか。

あろうことか、最後の最後の砦に醜さのすべてを集めて大きくなったモンスターが、よだれを垂らして私を待っていたのです。

この全宇宙において最も醜悪なものが集まり涙を流し、血を流し、糞尿を垂れ流し、膿を発酵させ、異臭を撒き散らしながら私へと襲いかかってくるのです。もう何もなす術《すべ》はありません。

しかし傷つき殺され、永遠の暗黒の牢獄に葬られてきたそのモンスターは、まごうことなき私自身でした。

「ごめんね、あなたは私そのものだわ。なんて愛おしい存在なんだろう。あなたを見捨てたりして本当に悪かった……」

そう言って私は、その愛おしい存在に身を投げだして私のすべてを捧げました。

すると、そのモンスターは絶叫すると、私を頭からバキバキと音を立てて食い破り飲み込みました。

こうして、この世界も〝私〟も一切が消滅してしまいました。

何もない世界

世界

何もない

再び、新たな体験を求めて

「おかえり。ビッグバンが起こる前に私たちがまだひとつだった時の無の世界にまで行ってきたようだね」

今、〝私〟という概念が消えた無の世界でイズネスが私に声をかけ、私という概念が再び生まれました。

イズネスは、すべての忘却の果てで私を待っていたのです。

「私はすべてなるもの。光であり闇。最も美しきものであり、最も醜きもの。在るものであり、それを包む無。そして、そのどれでもないもの」

長い間旅をしてきた私は言葉もなく、静かにすべての想いを含む微笑で返しました。

すると、私がこの旅で受容してきた影が私の光に混ざり一体になると、光と影の織りなす美しい模様が浮かび上がり、今まで見たこともなかった複雑な立体の多次元構造が現れたのです。

思わず、私は驚きの声を上げました。

「ごらん、あなたの体験があなた自身であり、すべてであるこの私と皆をこんなにも美しく変えたんだよ」

「ああ、私は今までこんなことも知らずに、自分が愛だと思っていただなんて……。なんて愚かで恥ずかしい……」

いつか出会ったガイの静かな微笑が思い起こされました。

私は今、彼と同じような表情を浮かべていたからです。きっと彼も、1日3回天変地異が起こる流刑星で、己の愚かさと対峙し続けた後で、この美しさを見出したのでしょう。

「道に迷い私を見失った人たちが、ここから私のもとへと帰ってこられるだろう。この人生に降りる時に交わした私との約束を果たしてくれたね。ここで私がいつまでも帰りを待っているから、忘却の淵まで行き、そこからの帰り道をあなたの兄弟姉妹に教えてきてくれと、私が頼んだことを覚えていたのだね」

「はい。でもあの暗闇では、あなたを感じることがとても難しくて自分自身もあなたも見失ってしまった」

「いつも私はあなたと共にあったのだよ。あなたが私を感じられなくても、あなたと私はいつも共にいる。なぜなら私はあなたであり、あなたは私だからだ。あなたの体験はすべて私が私であることの体験であり、決して離れることはできないもの。たとえあなたが私を見失って、もう一度私に戻ってくる喜びを感じたいと思うことはあったとしても」

「あなたが無条件の愛ということは知ってはいたけれど、あなたの愛がこんなにも深く、果てしないものだったなんて！……。あなたを一度見失い、あなたの中に再び戻ってこれた歓喜は、言い表すことができないほどです……。あなたとずっと一緒にいたなら、こんなにも強くこの喜びは感じられないでしょう」

「まだまだあなたの知らないことは無限に存在しているよ。何しろ無限も、無限に存在しているんだから」

そう言うと、イズネスは私の目の前に、私という無限の可能性を映し出してくれました。

「ごらん、あなたという魂の姿を！」

私はあらゆる宇宙のあらゆる次元に形状、物質・非物質と関わらず、あらゆる姿形で、今、この瞬間に同時に存在していました。

そのどれもが泣き、笑い、苦しみ、醜く、美しく、愛しく調和を保ちながら〝私〟を奏でていて、すべての私の人生はあらゆる次元の存在たちと共に、素晴らしい交響曲を奏でていました。

その歓喜は私の生命を脈動させて膨れ上がり、ただただその祝福に圧倒されるばかりでした。

「行っておいで、何度でも。あなたはどんなあなたにもなることができる。どこへだって行くことができる。可能性も無限に好きなだけ与えるよ、愛しい子。愛しい子たちが体験することのすべてが、私を私にしてくれるのだから。私にとって皆の存在がどんなに愛おしく、感謝と祝福に値する存在か自分で気がついているかい？」

「私は、あなたが私を愛する１００兆分の1も、自分のことを愛せていないのかもしれません」

「では、あなたの魂が１００兆回の人生を送った後だったら、あなたは私のあなたへの愛くらい自分を愛せるようになるかな？」

「そうなれたらいいと思うんです。自分を愛することができたら、他の人たちのこともっと愛せるようになりますよね？　愛や平和を世界にもたらすことができますよね？」

「そうだね。何よりもまず、あなたがあなた自身を愛しなさい。そのような人たちが集まれば、あとは自然に愛と平和に満ちあふれていくからね。そして、皆が合わさるとかけ算になって、さらに果てしなく広がっていくんだよ。それが世界というものの成り立ちなんだよ」

そこで、私は新たなる視点で世界を見渡すことにしました。

すると、荘厳で限りなく無に近い静けさの中から、暖かい甘い蜜のような感覚が湧き上がってきたのです。

それは、「感謝」という感情でした。

「あなたはその感情とともに、私と一緒に次はどのような創造の旅に出かけるのかな？」

「私は、身体と精神と魂を持ち二元性の世界に入り、すばらしい体験をしてきました。その体験を何度でも味わって、もっともっと愛になりたい。何も決めない。何になろうともしない。ただ、あなたの創造の愛に抱かれて、その中で遊ぶ子でいたい。そうして私を成長させたい」

私はイズネスの愛に包まれ、感謝とともに微笑んで目を閉じました。

次の瞬間、気づけば、また物質次元のある母なる者のお腹の中に宿っていました。

第11章

地球――日本・戦国時代編

魂の片割れとの出会い

次に私は、日本の戦国時代に侍の足軽の家に生まれ落ちることになりました。

この人生では、私は屈強で大柄な身体の男として生まれていたからか、そのがたいの良さを買われ、忠誠を誓うにふさわしい信濃国の城主のもとで門番として仕えました。

実は、私は大きな身体に合わず、また、戦乱の世にあっても愛のもとで生きたいと願う気弱な男でした。

そんな私がある日、立ち寄った茶屋で店の娘である1人の女性と出会い、瞬く間に互いに恋に落ちることとなりました。

その女性は自分と魂を分けた片割れでもあり、生涯をかけて彼女とひとつになりたいと願う人生がそこからはじまりました。

そう、あれは遥か昔のこと。

45次元で私がイズネス、大いなるひとつの存在からどんどん分かれていた際に最後まで一緒にいて、最後の最後に陰と陽に分かれたある1つの魂があったのです。

それが、その女性の魂でした。だから、彼女と初めて出会った時に、3次元にいながら魂は45次元の遥か彼方まで飛んでいったのです。


「あぁ、痛い、痛い……」

そして、引き裂かれた時の痛みが内側から疼《うず》いてきました。

最後に彼女から魂がちぎれた時の感覚は、イズネスと別れた時のそれと同じものでした。それは切なくて張り裂けそうな、それでいて甘美でワクワクする感覚であり、それが魂からよみがえったのです。


その時に感じたのは、相手にすがりついて泣き叫び、互いが離れてからの今までの長い歴史をここですぐに吐き出してしまいたいような衝動。

2人はまばたきをするかのような一瞬の間に、お互いのすべてを分かち合えた気がしたのです。

それ以降、私たちの心は片時も離れずに、たとえ身体が離れていようとも日夜共に寄り添い続けました。

恥ずかしがり屋な私は、あまり彼女と会話は交わさなかったけれど、私はその美しさに見入ったものです。

これが愛というものなのかと。

私たちは同じようでいて驚くほどに違っており、愛の表現もまったく正反対でした。

たとえば、私の愛は強く激しく彼女に向かってほとばしる光のようであり、彼女の愛は静かに優しく私のすべてを包み込む闇のよう。

私は太陽になり彼女を輝かせ、彼女は月となり私を慈しむ。

私は彼女の光を癒やす闇夜にもなり、彼女は私の闇夜を明るく照らす光にもなり、私たちの光と闇が交互に現れながら交わるさまは、まるで見えない美しい織物を織りなすようでした。

その目には見えない織物は、私たちの質素な暮らしには似つかわしくない、きっとどんな殿様や姫様でも拝めないほど豪華でまばゆいものだったはずです。

太陽と月が重なる月食と日食の日、私たちの魂は重なり地球の重力を抜け出し、プレアデスもオリオンもアンドロメダも超えてあらゆる惑星、銀河の愛、宇宙そのものと響き合いました。

時間も空間もない愛の世界が地上に現れるその時、生まれてくる前に感じた甘く尊い感謝の思いそのものになり、涙が止まりませんでした。

この肉体を持って天国の中に入れる喜びに感謝が湧き続け、
その蜜の甘さは何物にも勝りました。

戦での別れ

しかし、世は戦の時代。

私たちの至福の時は、時の世のために引き裂かれることとなり、私は関ヶ原へと戦に駆り出されることとなったのです。

私は頑丈で屈強な肉体を持ってはいたけれど、本当はただ愛の優しさの中にいたいだけ。

一旦、戦へと向かえば、きっと生きて帰ってこられない……。

この時の世においては思い人と自由に結ばれることもできず、戦国の動乱の中に1人残していかなければならない。悩み抜いた私は、戦の前に2人で心中することを彼女に持ちかけました。

それは、前世で自害した魂の癖が残っていたからかもしれません。

身も心も魂もひとつに結ばれるためには、究極的な方法ではあるけれど2人で天に上るしかない。

そのために、また闇夜を何百年もかけて抜け、怪物と対峙するという犠牲を払わなければならなかったとしても、この人と一緒にいれるのならどこであろうと天国に思えたのです。

けれども、彼女は私の魂の悪い癖を見抜くと叱責しました。

「あなたは自分自身の弱さと向き合わなければいけない。私は、あなたが天命を全うするのをちゃんと見届けるから。あなたの帰りをいつまでも待っているから。あなたがどこで何をしていても私たちはともにあることを、決して忘れないで。あなたの右と左の手が触れ合うとき、私の心はあなたの右手に宿り、あなたの心は左手に宿る。だから、私たちはいつどこででも心を重ねあえる。支え合い、励まし合うことができる。あなたが手と手を重ねたい瞬間があるのなら、それは私があなたを思っているとき。あなたの手は、本来なら戦で武器を持つための手ではないけれど、長い人生の中では、本当の自分であるために自分を捨てなくてはならないときがあるから……」

私は彼女の心を宿した右手と、私の心そのものである左手を自分の胸の前で固く握りしめ、祈るようにして戦場へと向かいました。

これまでたくさんの戦が目の前を通り過ぎていったけれど、自分が参戦するのは初めての体験でした。

戦場は、それぞれが〝何か〟を守るために戦う場所。

激しさが増す戦では魂と魂がぶつかり合い、刀や槍《やり》が振りかざされて矢が放たれる中、戦う者たちの肉や骨は剥き出しとなり、中には腕や脚や目を失い狂気に陥りながら命を落としていく者もいます。

「私は何を守るのか？　私が守りたいものは国？　お屋形様？　民？　それとも名誉や己？　いや、あの人との愛だけだ。ただそれだけなのだ」

情けないことに戦場では、彼女の宿る右手で刀を持つもその手は震え、その右手を支えようとする左手は激しい手汗のために刀はすべり落ち、仕える武将たちへの忠誠も崩れ去っていきました。

昨日笑い合っていた仲間も気づけば屍となり地面に転がり、その肉体を蹴飛ばされ踏みつけられる姿を見るにつけ、なんとか保っていた精神も壊れてしまいました。

そして戦の動乱から惨めさを背負い這々《ほうほう》の体で逃げ出すと、刀傷を負いながらも命からがら、なんとか彼女の待つ場所へと帰り着いたのです。

しかし、我が村も留守の間に敵方に襲撃されてしまい、彼女の姿はそこにはありませんでした。彼女の方も、同じように血と涙と絶叫の中に立たされていたようで、果たして逃げ出せたのか連れ去られたのか、命を奪われてしまったのかもわかりません。

愛すべき、守るべき者がここでも失われたことで、私はあらん限りの声を上げるしかありませんでした。

本当の私であるために、私のすべてを失うのなら、正義も悪もないものと同じ。

仏師との出会い

その日から彼女の姿を探して彷徨《さまよ》いながら、草の根を分けるように山を渡り歩き、村を訪ね歩きました。

歩きながら、右手と左手を合わせて祈り続けるしかありませんでした。

「この手には、あの人と私の心が決して離れることなく宿り続けている」

その祈りを手に託して、果たして何昼夜、いや何年、もしかしたら何十年歩き続けたかわからない状況の中、歩き続けた先に1人の仏が、私を待っていました。

そこで出会ったのは、木片を削り、仏像を彫り続ける仏師。

彼の彫る仏の顔は、別れ別れになった彼女の素朴な微笑みのようでもあり、また、心に輝く大きな愛の源のようでもあり、その時、2人の愛がこのような形で生まれ変わったのだと信じることができました。

私は手を合わせると安堵《あんど》し、これまで張り詰めていた心の糸が切れたかのように、その場に倒れ込みました。

それからは、仏師のもとで彼の手が仏を生みだす作業の手助けを行うことになりました。

仏師の彫るその荒削りな仏の表情は、どれも彼女が私へと向けていた表情の生き写しのようでした。

新しい暮らしの中で、私は毎朝毎晩と手を合わせ続けました。

手を合わせる時は右と左の手のどちらの力も強くなりすぎないように、また、弱くなりすぎないように、ちょうど真ん中でピッタリと吸い付くように重ね合わせるようにしました。

そして、この手の平を合わせる加減をその後の人生で模索し続けました。

その加減が上手くいった時、私の祈りは野を超え山を超え空に響き、どこかにいるであろう彼女のところへ必ず届いていると風が、陽の光が、雲が、鳥が教えてくれました。

彼女の心へと思いが届くように、私の悲しみに歪む醜い心が仏の心となり真っ直ぐに届くようにと、願いを込めて。

私たちはいつでもいつまでも共にありました。

やがて、私の心からは少しずつ悲しみが溶けていき、愛と平安が住むようになっていきました。そのような日々の中で静かに年老いて、あるがままを受け入れられるようになってきた頃、私はまるで誰かの優しい手に抱かれるように、そっと息を引き取りました。

息を引き取った瞬間、私は天を駆け昇っていきました。
ほら、ごらん。やっぱり、彼女が私を迎えにきている。

今度こそ、私の左手は彼女の本物の右手をとり、彼女の本物の右手の方も私の左手をとる。
魂の片割れを失ったはずの人生なのに、どれだけ相手からの愛で満ちたものだったのか、彼女の手に刻まれたシワが1本1本愛おしく、その手の温かさは私を包み込みました。
私たちが互いの手を優しく吸い付くようにつなぎ合わせると、イズネスが2人の手をさらに大きな温かい手で包み込み、天の王国へと迎え入れてくれました。

「あなた方の人生のすべてが、私の愛であったのだよ」

「はい。今なら私たちにもわかります。すべてが愛だったのだと。すべてが完璧だったと。血を流し傷つく戦場においても、互いが悲しみに打ちひしがれた夜でさえも。その体験は私たちが自らの意思で気づき、他の誰かに助けてもらうのではなく自らの力で、自分という存在を真実の愛へ変容させるために贈られたものだったということが。今、これが心底からわかるのです」

私はそう答えました。

すると、彼女も私の手を握りながら答えました。

「私たちは、あなたの愛の中で愛の存在として現世を全うできました。相手が見えなくても、触れられなくても、自分の思い通りではなくても、愛を信じる強さを知りました。互いの愛が自分自身へと導き、純粋な愛そのものになっていく道を、私たちは会えずとも歩むことができたのです。本当に何もかもが、ありがたい……」

彼女の涙をぬぐうように、イズネスは優しい声で言いました。

「あなた方は光と闇、男と女、陰と陽など、この世界の基盤となる二元性のルールが少しずつわかってきたようだね。それでもまだ、この世界はあなた方の想像も及ばないほどの神秘に満ちあふれている。何万回、何億回生まれ変わったとしても愛の奥行きは体験し尽くせないほど無限に存在しているからね。そういえば、あなた方が体験してきた場所の４００年後の未来で、陰陽を祝うセレモニーが行われる予定なんだ。その神秘をまた体験したいと思うかな?」

「行かないはずがありません」

私たちは声を揃えて言いました。

「愛の表現が各々違う私たちだからこそ、愛し合うことの素晴らしさを自分たちも学びながら、そのことを伝えていきたいのです」


私たちは一度誓い合った互いの手をそっと放し、名残惜しさも次にまた出会える時の花束へと変え、再び別々の身体と人生へと降りていきました。

今なら違う場所にいても、目には見えずとも愛の中でひとつであると、信じることができます。イズネスの手の上で私たちはまた完璧なタイミングで出会い、深い真実の愛へと導かれることは間違いようのない事実なのです。


より愛の強さと信頼を携えた今ここの私は、また新しい人生に降りていきました。

さて今、地球は光と闇、陰陽の統合に向けての壮大なセレモニーの準備中なんだそうです！

そのセレモニーの出席リストに私の名前と彼女の名前、それから、あなたの名前を見つけました。

きっと、あなたにも完璧なタイミングで出会えるはずです！

そして再び、今・こ・こ・にいる私

最後まで私の長い旅の物語を読んでいただき、ありがとうございました！

こうしてたくさんの魂の旅路を経て、今、再びあなたのもとへと戻ってきました。

さて、私が今回の人生を振り返ってみた時に、冒頭でも苦労の多い家庭環境で生まれてきたことをお伝えしました。

でも、私の家族は魂の意図に沿って選ばれたという意味においては、かけがえのない素晴らしい家族でもあったのです。

たとえば父は、オリオン大戦での光の戦士の生まれ変わりの人でした。

母は、オリオン大戦での闇の帝国軍の従者の生まれ変わりの人でした。

そして妹は、前世で光の戦士や僧として生き、闇に閉じ込められた記憶を持っており、私がネイティブ・アメリカンの女性として生まれた時に、私の娘として生まれてきた人でもあり、この人生ではお互いが共通の使命を持ってきたことを話し合える開かれた心の持ち主でした。

一見、この世界の常識から見ると私の父は、ろくでなしのダメ人間だったし、反対に母の方は忍耐強く生きる聖者のようでした。

でも、魂の視点から見ると、母は闇に飲み込まれて不安と恐れに支配された人でした。自分が被害者という仮面を被って他者をコントロールし、他者のエネルギーを奪うことで自分の生命力と安堵を得て、闇の集合意識にエネルギーを送り肥大化させ続けていました。

そんな母が仕掛けた罠《わな》が家庭内のあちらこちらに見えない網のように張り巡らされていて、父はその網を破壊し続け、満身創痍で戦い、やがて衰弱して死んでいきました。

しかし亡くなった父は、今では天国からサポートしてくれるようになりました。

天に上がった父からの絶え間ない愛がひしひしと伝わってくると、求めるものは得られなくても、求める以上のものがすでに与えられているではないかと感じられるのです。

今では、さまざまな見えない非物質存在からのサポートを受け入れながら、自分で自分に愛情を注ぎ、周りの人を愛することで愛を感じようとするベクトルへと向かっている私です。

すでにご存じのように、この本の中に出てきた数々のキャラクターたちは私の中の一部でもあることから、私の中に住む数多くのキャラクターを、自分の個性の側面として統合していくことにも努めています。

実は、それぞれのキャラクターの存在を否定している頃は、各々の存在たちが私を分裂させる幻聴、幻覚のようにも感じられ、混乱して反発することもありました。

しかし、いつしか彼らも多面的な私自身の魂の一部でもあったことに気づいたのです。

これまでのたくさんの人生は、私が困難に直面した時にはガイドやサポーターとなり私を助けてくれていて、今では無条件の愛を注ぎ合える大切な分身としての理解を深めながら、ともに生きています。

この統合の作業も今後も無限に続くのであり、まだまだたくさんの人生が私を呼んでいるようです。

このように、現在も私は道の途上で愛の在り方を模索し続けています。

私の人生に登場してくれるたくさんの人々やさまざまな機会を通じて、自分の愛の在り方を押し付けすぎずに、相手を尊重して歩み寄り、悩み傷つきながらもお互いに理解し合い、共に成長していく学びと感謝の中にいます。

今思えば私の母は魂の視点から見れば、この宇宙で永遠に繰り広げられてきたドラマの悪役を演じることで、私の多次元の記憶と愛の在り方を揺さぶり、厳しい愛で私の愚かな部分を鍛え上げようとしてくれていたのでしょう。

そして、魂の旅路においてはお互いが自身の恐れと不安に引き裂かれながらも、その奥にある愛へと一歩一歩向かう道の途上にいる同士でもあるのです。

私は、光と闇を統合させる愛を自らの人生にもたらしたいと願っています。

それこそがすべての争いの根本に通じるのではないか、平和への道を照らすのではないかと思えるからです。

多次元的視点は私を現実と地上の苦しみから解き放ち、目の前の困難から自分自身を成長させる糸口を与えてくれました。

その視点を持つ私の生き方が形は違えども、もし今、縛られた苦しみの中にいる人がいるのならば、そこから飛び立つための一助になれたらと思うのです。

またもし、同じように苦しみに悶える心で愛を求める心やさしき人がいるのならば、この本を通して、あなたとその痛みと心を分かち合える友になれたら、どんなにうれしいことでしょう。

あなたの終わりない苦しみを癒やし溶かし、その心に寄り添う大切な友として。

今ここにいる私と、私ではないあなた。

何度も出てきたように、私たちはこの世界で二元性の中で生きています。

あなたが、あなたではない私の話を聞くことで、逆にあなたという存在、考え方が明確になり、あなた自身というものがより際立ちます。

私はあなたがあなたであるために、あなた自身の真実へとたどり着くためのきっかけになればという願いを込めて、この本の言葉たちを贈ります。

いつかあなた自身の旅のお話も聞かせてください。そしたら、私もまた、より自分自身を知ることができますから。


あなたと私は、この世界を共に創り上げている運命共同体。

私たちの心がひとつになれば、明日にだって、この地上に天国を作り上げることができるし、明日にだって、すべての戦争を終わらせることができます。

些細《ささい》なことで敵や味方に別れて争うよりも、痛みのすべてを包容する愛に満ちた楽園を一緒にこの地上に作っていきたい。

そして、あなたとつながり、あなたという存在を構成するすべての要素を受け入れ、あなたのすべてを愛する存在になりたい。


はるか昔、覚えていないほどの一番奥の記憶で眠っているのは、皆ひとつで愛だけがあったということ。

そこから、あなたに最も純粋な愛を送り続ける存在として、私はここにいます。

たくさんの言葉を綴りましたが、ただあなたへ一言「愛しています」と伝えたかっただけなのです。

すべてがつながり合うこの世界を創造している一人ひとりは、本当に大切な存在です。
ひとつのネジが欠けたら大きな建物が崩壊するほどに繊細に組み込まれたこの宇宙は、もしあなたがいなくなってしまったら、存在することはできません。
あなたがいるからこそ、この世界がこんなにも美しく存在しています。
あなたがいるから四季は巡り花は咲き、太陽は昇り風が吹きます。
あなたがいるから私がいてイズネスもいて、私たちは愛の中で響き合っています。

どんなことがあっても、どんなあなたであったとしても、あなたを愛し続けるイズネス＝神様が一瞬たりとも離れることなく常に一緒にいます。

その絶え間ない愛をどうか感じて受けとってください。

私たちが触れ合えたことへの感謝と心からの愛を込めて
未来を共に作り上げていく奇跡を信じて——

アルクメーネ

挿絵　――おわりに――

私は健康維持のため毎朝4時頃、多摩川土手をウォーキングしています。明け方の時間には、新春の時期はアルクトゥールス（牛飼い座）・スピカ（乙女座）が、その後はベガ（こと座：リラ、ライラ）が見えてきます。

秋はミンタカ（オリオン座）とシリウス、その先にアルデバラン（牡牛座）とアルシオネ（プレアデス星団）さらにカペラとカストル・ポルックス（双子座）を見ることができます。

このたび、これらの星々をマドモアゼル・アルクメーネの前世・過去生の記憶とイマジナシオンにもとづいて挿絵にするお手伝いができたことを光栄に思います。

２０２３年　春　洋画家　竹市和昭

竹市和昭

昭和35年長崎市生まれ。中学校美術教師を経て後の日展理事長文化功労者井手宣通氏の内弟子になる。日展ルサロン展日洋展入選受賞多数。新宿・池袋・福岡三越個展、パリアカデミー留学、新日本美術院理事長、東京湘南絵画会主宰。

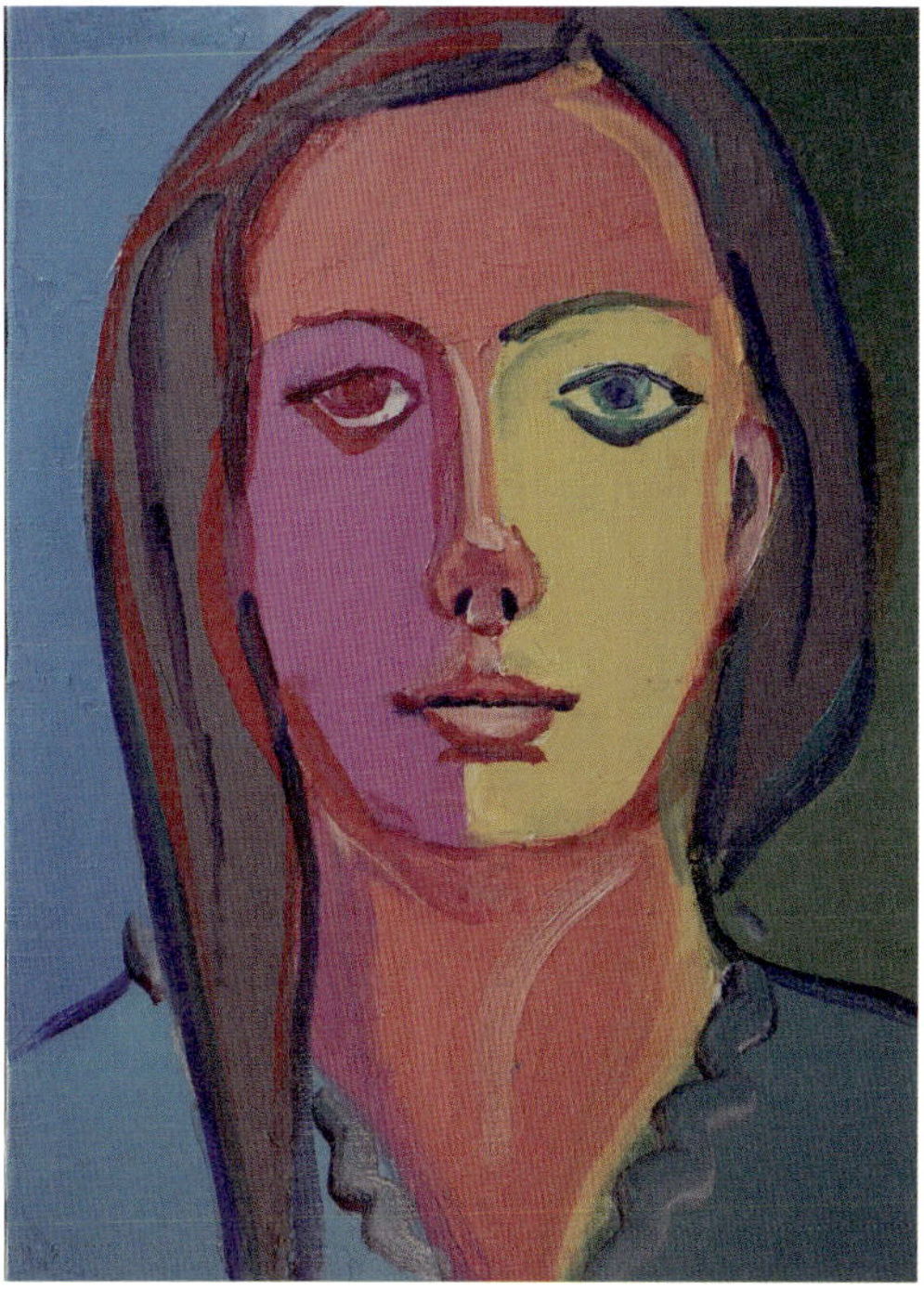

アルクメーネ　Alcmène

高校卒業後にモデル・女優への道へ。以降、ファッションショーや雑誌、広告、ドラマ、映画、写真集などで活躍。ある日、過去生や宇宙での多次元時代の記憶が体調を崩した時期をきっかけによみがえり、自分の魂のミッションを知り、これまでの人生で起きたことのすべてが腑に落ちる。現在はモデル・女優の仕事の傍ら、多次元時代の記憶をもとに多くの人々に愛と平和を伝えるべく執筆活動も開始。

250万光年から
宇宙《そら》を旅した少女
多次元の記憶で綴った星たちの物語《ストーリー》

2023年3月30日　第1版　第1刷発行

著　者　アルクメーネ

編　集　西元 啓子
挿　絵　竹市和昭
校　閲　野崎 清春
デザイン　染谷 千秋（8th Wonder）

発行者　大森 浩司
発行所　株式会社 ヴォイス　出版事業部
〒106-0031　東京都港区西麻布 3-24-17 広瀬ビル
☎ 03-5474-5777（代表）
📠 03-5411-1939
www.voice-inc.co.jp

印刷・製本　株式会社　シナノパブリッシングプレス

ISBN　978-4-89976-543-1